스마트소설

박인성

문학상

2
0
1
7

수상작품집

스마트소설
박인성
문학상

2
0
1
7

수상작품집

스마트소설박인성문학상

2017 제5회 수상작품집

정전

- 수상작

스마트소설
박인성
문학상

문학나무

수상자 윤해서 수상작 정전 신작 세상 반대편의 고독

첫키스를 하고 돌아온 하룻밤이 있다. 누군가의 안녕을 위해 기도한 하룻밤이 있다

그리고 마침내. 우리가 우리를 떠나는 하룻밤이 있을 것이다

스마트소설박인성문학상 수상자
윤해서

어디로 가려고 그래?

어쩌다 비, 어쩌다 바람, 어쩌다 햇빛. 어쩌다 눈, 구름. 어쩌다, 어쩌다

집으로부터 얼마나 멀리 왔는지 알 수 없었다. 왜 걷기 시작했더라

소설집 수상작

윤해서

이제 그만 걸을까 싶었고 돌아가고 싶었다. 그때 어디선가 크리스마스 캐럴이 들려왔다

그들이 막 들어선 골목에 버려진 깨진 거울이 있었고 깨진 거울에 그의 두 다리와
그녀의 두 다리가

스마트소설박인성문학상 수상자
윤해서

(태어나면서 나에게 던져진 '나'라는 빛,
내가 다른 누군가와 다른, 다른 누군가가 아닌 '나'일 것이라는 믿음.
그 확고한 믿음이 삶을 비추고 있는 것 아닌가. 무대 위의 배우에게 핀 조명이 비춰지
고, 배우가 자신의 역할을 연기하기 시작하는 것처럼. '나'라는 빛이 우리의 기억과
망각을, 삶과 죽음을 이끄는 것이 아닌가.

태어나면서부터 나를 비추고 있는 빛.
'나'라는 빛을 믿으면서 앞으로 나아가고 있는 것이 아닌가.
모든 불이 꺼진 찰나,

'나'라는 빛이 사라진 찰나,
찬란한 **無**의 찰나,)

심사평

어둠 속에서 더 눈이 밝아지는 이가 소설가다

스마트소설박인성문학상이 올해로 5회째를 맞았다. 스마트소설의 입지가 이만하면 탄탄하게 구축되었다고 자평한다. 이번 5회 후보작들 가운데도 가편(佳篇)이 많아, 이러한 사실을 든든하게 입증해주었다.

하나의 양식은 어떻게 힘을 얻는가? 일차적으로 그 양식에 기대어 글을 쓰는 작가와, 그것을 읽는 독자의 존재를 통해서이다. 그간 많은 작가들이 계간 『문학나무』에 스마트소설을 썼고, 또 독자들을 만났다. 이로써 스마트소설의 기반이 마련되었다. 이차적으로는 전범적(典範的) 작품들을 통해서이다. 스마트소설박인성문학상의 시상과 수상작품집 발간은 이러한 전범 구축을 위한 역할을 수행해왔다. 물론 이러한 상을 주관하는 『문학나무』가 하나의 미학적 원칙이나 중심을 세우고 그것을 인위적으로 강조하고자 하는 것은 물론 아니다. 계간 『문학나

무』와 스마트소설박인성문학상은 앞으로도 스마트소설이 보여
줄 수 있는 무한한 미학적 가능성들을 발견해내는 것을 목표로
하고 있다. 따라서 어디까지나 미학적 다원성을 원칙으로 삼으
며, 여러 작가들의 실험적 시도들을 격려하고자 한다. 이러한
일들을 묵묵히 계속함으로써 스마트소설이라는 양식이 더욱
커다란 활력을 얻기를, 또 이를 통해 결국 한국문학에도 생기
를 불어넣어줄 수 있게 되기를 심사위원 일동은 바라마지않는
다.

　예심위원 세 사람(주수자, 양진채, 안서현)은 김성중의 「어느 완
벽한 캘리포니아의 하루」, 김서령의 「우리가 헤어질 수 있을
까」, 윤해서의 「정전」 세 편을 본심 대상작으로 추천하였다.
「어느 완벽한 캘리포니아의 하루」는 일상적 감각의 세계를 설
득력 있게 구축해내고, 그 위에 리처드 브라우티건의 소설의
일부를 가져와 겹쳐놓음으로써 도시와 목가의 '아이러니'를 통
해 텍스트 공간을 확장해나가는 시도가 돋보이는 작품이었다.
「우리가 헤어질 수 있을까」는 스마트소설의 제한된 지면에도
정통 서사의 힘을 담아낼 수 있다는 정면승부를 보여준 작품으
로, 한 인생을 빚어낸 작가의 손맛, 조개탕과 같은 비린 인생의
맛을 담아냈다. 「정전」은 도시의 거리에서 건져 올린 이야기의
파편들을 하나의 소설적 그림으로 조합해내고 있는 솜씨가 돋
보였으며, 마지막에 인물이 사라지고 남은 빈 공간에 대한 소
설적 응시의 의미가 돋보이는 수작이었다.

본심에서는 그리 길지 않은 경합 끝에 본심위원(정현기, 윤후명, 황충상) 세 분의 고른 지지를 받은 윤해서의 「정전」이 수상작으로 선정되었다. 「정전」은 개성적인 언어 구사가 먼저 독자를 사로잡는 작품이다. 계속해서 맴도는 산울림의 「회상」 노래처럼 독자를 끈질기게 잡아 이끄는 이 문체를 따라가다 보면, 우리는 불현듯 삶의 비의를 마주하게 된다. 의미를 알기 어려운 쓸쓸한 꿈을 꾸고 일어난 아침, 거리를 걷다가 마주치는 모든 것이 일일이 쓸쓸하게 다가오는 그런 하루의 이야기를 따라가다 보면, 거기에는 마침내 정전과도 같은 비의의 폭발이 우리를 기다리고 있는 것이다. 낯선 문체와 비의. 이는 고 박인성 소설가가 추구한 소설 미학에도 바로 맞닿아 있다. 스마트소설 박인성문학상 수상작으로 결정하는 데 아무 이견이 없었다.

윤해서의 「정전」을 읽고 발터 벤야민의 「일방통행로」를 떠올렸다. 거리를 지나면서 매 순간 우리가 발견하게 되는 과거의 흔적들, 그리고 그 안에 숨겨진 구원의 파편들에 대해 벤야민은 수집가적 기록을 보여주었다. 윤해서의 「정전」 역시 어두운 거리에서 발견되는 삶의 의미의 파편들에 관한 글쓰기라는 점에서 같다. 그런데 소설 속 '나'의 걸음은, 구원을 예비하는 벤야민의 역사철학적 산책과 달리, 이 세계의 '전망 없음'을 마침내 자신의 '사라짐'으로 바꾸어내는 미학적 걷기 기술이다. 인생이라는 무대에 '나'를 좇는 핀 조명이 켜지고, 그곳에 성공적으로 '등장'하여 '연기' 중이라는 환상. 그 환상에 의해 지탱되고 있던 삶에서, 한 순간의 암전과 함께 누군가 빠져나온다. 자신이 스포트라이트를 받는 인생의 주인공이 아니라 불안한 눈빛으로 거리를 헤매는 난민이었을 뿐이라는 사실을 알아버린 한 쓸쓸한 이의, 발소리도 없는 조용한 퇴장. "그런데도 우리 중에 난민 아닌 자가 있습니까." 인물을 잃어버린 소설의 시선만이 다시 켜진 동그란 조명처럼 쓸쓸한 쇼윈도를 비춘다. 생의 빈곳을 직시하게 만드는 시선이다.

어둠 속에서 더 눈이 밝아지는 이가 소설가다. 짧은 정전의 찰나에 이 세계에 드리워진 어둠의 깊이를 읽어낸 소설가 윤해서를 마음을 다해 지지한다. 수상을 진심으로 축하드린다.

― 본심 위원 | **정현기 윤후명 황충상**   ― 예심 위원 | **주수자 양진채 안서현**(집필)

빈다는 것, 비운다는 것, 빈 것

잊지 못할 하룻밤이 있다. 믿고 싶지 않은 하룻밤이 있다. 꿈 꾸지 않은 하룻밤이 있다. 같은 악몽에 시달린 하룻밤이 있다. 돌이키고 싶은 하룻밤이 있다. 등 돌린 하룻밤이 있다. 술에 취 한 하룻밤이 있다. 추위에 떤 하룻밤이 있다. 잠들지 못한 하룻 밤이 있다. 엄마 품속에서 쌕쌕 잠든 하룻밤이 있다. 이슬이 내 린 언덕을 맨발로 뛰어다닌 하룻밤이 있다. 그건 못을 박는 거 야. 허공에 못을 박는 거지. 나는 이 못이 몇 개나 있는지 몰라. 오늘도 열심히. 이렇게 끝까지. 좁은 치킨집에서 보낸 하룻밤 이 있다. 얼룩말의 줄무늬를 손끝으로 몇 번이고 세고 또 센 하 룻밤이 있다. 게임의 끝판을 깨고야 만 하룻밤이 있다. 하루 종 일 먹은 것을 몽땅 토해낸 하룻밤이 있다. 같은 음악을 듣느라 날이 바뀐지 모른 하룻밤이 있다. 닭을 잡아 죽이고. 목 잘린 닭이 마당을 몇 바퀴씩 도는 모습을 바라본 하룻밤이 있다. 골목과 골목들을 헤매고 다닌 하룻밤이 있다. 언젠가 보았던, 언젠가 걸어보았던 모든 골목길을 한꺼번에 걷고 또 걸었던 하룻밤. 수만 그루의 사과나무가 끝없이 펼쳐진 농장에서 사랑을 나누는 남녀의 이야기를 읽은 하룻밤이 있다. 비좁은 자리에 앉아 몇 번인가 자다 깨기를 반복하면서 기체가 흔들릴 때마다 불안에 떤 하룻밤이 있다. 눈으로 뒤덮인 하룻밤이 있다. 까마득한 옛날의 하룻밤이 있다. 영혼에 대해 생각한 하룻밤이 있다. 그 순간에 영원히 머물고 싶었던 하룻밤이 있다. 지금은 기억도 나지 않는 어떤 고민을 진지하게 하고, 또 한 하룻밤이 있다. 영원이라는 금서에 당신을 기록하겠다. 어제의 탬버린. 우리의 한때를 동봉한다. 편지를 쓴 하룻밤이 있다. 죽겠다 결심한 하룻밤이 있다. 한강 다리 위에서 흘러가는 강물을 오래도록 내려다본 하룻밤이 있다. 밤바다, 모래 위에 베고 누운 하룻밤이 있다. 잊은 줄 알았던 하룻밤이 있다. 첫키스를 하고 돌아온 하룻밤이 있다. 누군가의 안녕을 위해 기도한 하룻밤이 있다. 마취에서 깨어난 하룻밤이 있다. 꿈인 줄 알았는데 꿈에서 깨어보니 더 슬픈 하룻밤이 있다. 다음날 아침을 간절하게 기다린 하룻밤이 있다. 전화기를 붙들고 잠든 하룻밤이 있다. 계절이 없는 나라에서 눈뜬 하룻밤이 있다. 귀신을 본 것도 아닌데 귀신을 본 것 같은 하룻밤이 있다. 사람이 있는 것도 아닌데 계속해서 움직이는 운동기구. 걸어도, 걸어도 벗어날 수 없는 강가. 텅 빈 옷장을 붙들고 울다가 옷장 속에서 잠든 하룻밤이 있다. 빈 하룻밤. 낯선 사람의 전화를 받았던 하룻밤이 있다. 누군가의 고백에 설레었던 하룻밤이 있다. 죽도록 살고 싶었던 하룻밤이 있다. 비워지는 하룻밤. 지구는 둥그니까 자꾸 걸어 나가면. 노래를 흥얼거리면서 자꾸자꾸 걸었던 하룻밤이 있다. 온 세상 어린이들 다 만날 수 있을까? 같이 걷고 있는 친구가 물었다. 그런데 여기는 어디쯤일까? 내가 물었다. 텅 빈 하룻 밤. 우리는 시간과 공간과 인간에 대해 생각합니다. 시간과 공간에 대해, 그리고 시간과 공간을 가로지르는 인간에 대해 질문합니다. 시간과 공간과 인간은 모두 間을 포함합니다. 거기에는 모두 어떤 틈, 사이가 있습니다. 우리는 담담히 그 틈, 구멍으로 들어갑니다. 사이의 깊이를 가늠하지 못합니다. 바닥 없는 깊이의 늪에서 돌아오지 못합니다. 이런 문장을 쓴 하룻밤이 있다. 두드려 맞거나 두드려 팬 하룻밤이 있다. 누군가를 이해해보려고 골몰했던 하룻밤이 있다. 거울 앞에 앉아서 문득, 외롭다고 말해본 하룻밤이 있다. 누구인지 모를 누군가. 보고 싶다. 슬프다고 말하지 못해서. 누군가의 잠을 깨우고 싶던 하룻밤이 있다. 문 앞에서 손잡이를 붙들고 망설인 하룻밤이 있다. 아름다운 도시의 하룻밤이 있다. 땀 흘린 하룻밤이 있다. 한 번도 데이트 해주지 않은 첫사랑, 그녀가 결혼한다는 말을 들은 하룻밤이 있다. 불 끄고 자려고 누웠다가 분을 못 이겨 기어이 뛰쳐나가 싸움질한 하룻밤이 있다. 당신의 온도가 좋아요, 속삭였던 하룻밤이 있다. 밥을 새까맣게 태운 하룻밤이 있다. 홀랑 탄 마음. 텅텅.

　이 많은 하룻밤 중 어느 하룻밤은 나에게 있는 하룻밤, 어느 하룻밤은 당신의 하룻밤이다. 어쩌면 누구의 하룻밤도 아니었을 어떤 하룻밤.
　그리고 마침내.
　우리가 우리를 떠나는 하룻밤이 있을 것이다.

　당신과 내가 세상의 반대편에서 똑같이 나누어가질 어느 하룻밤.
　우리의 반대편에서. 당신이 당신의 온도를 떠날 때까지.

　그러니 그때까지 너무 외롭지는 말라고.

*

　위로가 필요한지 모르고 있다가 갑자기 위로를 받으면 눈물이 날 때가 있습니다.
　고개 숙여 깊이, 깊이 감사드립니다.

수상자 신작 스마트소설

세상 반대편의 고독

그녀는 빠른 걸음으로 걸었다. 빠르게 걸으면서 몇 번이나 손목시계를 확인했다. 십 분. 사거리에서 두 번 횡단보도를 건너야 하고, 길을 건넌 후에 최대한 빠른 걸음으로 걷는다 해도 족히 십오 분은 걸릴 거리였다. 그녀는 멀리 보이는 면접 장소가 있는 건물을 초조하게 바라보았다. 신호는 더디게 바뀌었다. 신호 앞에 서서 몇 번이나 시계를 확인했다. 주머니에서 휴대전화를 꺼내 일 분이라도 더 시간 여유가 있는지 확인했다. 그 사이 그녀는 하나의 횡단보도를 건넜고 이제 건너야 할 두 번째 신호 앞에 서 있었다. 그녀가 면접을 보러 가고 있는 건물이 정면으로 보였다. 그녀는 면접장이 있는 층수를 눈으로 가늠해보았다. 창문은 모두 굳게 닫혀 있었고 창에 해가 비쳐 창문 안쪽에서 어떤 일이 일어나고 있는지 아무것도 보이지 않았다. 횡단보도 앞에는 사람들이 제법 모였고 횡단보도 앞 좁은 인도에는 피부색과 머리색이 다른, 여러 언어를 사용하는 사람들이 무리지어 서 있었다. 지구촌이 따로 없군. 그녀 근처에 서 있던 어떤 남자가 중얼거렸다. 그녀는 남자를 바라보다가 남자가 그녀의 시선을 느끼고 고개를 돌리는 찰나 다시 한 번 손목시계를 확인했다. 이제 곧 신호가 바뀔 것이다. 그녀는 지금부터 뛰어간다면 얼마나 시간을 절약할 수 있을지 생각했다. 그녀는 달리기를 잘하는 편이 아니었고 굽이 높은 구두를 신고 있었다. 그녀는 갑자기 뭔가 생각난 사람처럼 뒤를 돌아보았다. 누가 그녀를 부른 것은 아니었고 그녀가 서 있는 뒤쪽에서 어떤 소리가 들린 것도 아니었다. 그녀는 무심코 고개를 돌려 그녀가 방금 전에 건너온 횡단보도의 건너편을 바라보았다. 저 사람들은 뭐지? 사람들이 웅성거리며 모여 있었다. 열 명쯤 돼 보이는데. 사람들이 둥글게 모여 있어서 그들이 둘러선 안쪽에 뭐가 있는 걸까 궁금했다. 서로 아는 사람들 같지는 않은데. 그녀는 다시 무심히 고개를 돌렸고 그때 마침 신호가 바뀌었다. 그녀는 높은 구두를 벗어들고 달리기 시작했다. 마주 오던 몇몇 사람들과 부딪쳤다. 그녀는 누구인지 모를 사람들에게 죄송하다는 말을 연발하며 달렸다. 만약 신고 있는 스타킹이 나간다면 면접장이 있는 건물 화장실에서 스타킹을 벗고 들어가리라. 그녀는 면접부터 지각하는 개념 없는 사람으로 낙인 찍히고 싶지 않았다. 얼마나 오랫동안 입사 준비를 해온 회사인가. 그녀는 최선을 다해 뛰었고 무사히 면접을 볼 수 있다. 다행히 스타킹도 무사했다.

일주일 뒤 그녀는 같은 사무실로 첫 출근을 했다. 출근길은 전쟁이어서 그녀는 출근도 하기 전에 이미 지칠 대로 지친 상태였다. 그래도 그녀는 빠르게 걸으면서 손목시계를 확인했다. 십 분. 사거리에서 두 번 횡단보도를 건너야 하고 길을 건넌 후 아무리 빠른 걸음으로 걷는다 해도 족히 15분은 걸릴 거리였다. 신호는 더디게 바뀌었다. 그녀는 주머니 속에 들어있는 휴대전화를 꺼내 다시 한 번 시간을 확인했다. 손목시계가 가리키는 시간보다 일 분 정도 더 여유가 있었다. 그녀는 그 사이 두 번째 신호 앞에 서 있었다. 신호 앞 인도는 사람들로 가득찼다. 출근하는 사람들의 무리 속에 서 있으며 그녀는 뿌듯함을 느꼈다. 얼마나 오랫동안 이 사람들의 무리에 속하고 싶었던가. 그녀는 아침마다 같은 시간에 출근했다가 점심시간이면 건물들에서 쏟아져 나오는 직장인들의 무리를 언제나 선망의 눈으로 바라보곤 했었다. 언제 나도 저들 무리의 한 사람이 될 수 있을까. 그녀는 이제 당당히 그들 사이에 서 있었다. 비슷한 정장을 입은 사람들의 무리에 자연스럽게 섞여 있는 자신이 뿌듯했다. 그녀는 뒤를 돌아보았다. 누가 그녀를 부른 것도 아니었고 그녀가 서 있는 뒤쪽에서 어떤 소리가 난 것도 아니었는데 그녀는 무심코 뒤를 돌아보았다. 저 사람들은 또 뭐지? 제법 많은 사람들이 웅성거리며 모여 있었다. 이번에도 일주일 전처럼 원형 대형을 유지하고 있었는데 일주일 전보다 훨씬 많은 사람들이 모여 있었다. 이렇게 이른 시간부터 저기서 뭘 하는 걸까. 그녀는 그 사람들의 무리가 둘러싸고 있는 것이 무엇인지 궁금했다. 그녀처럼 바쁘게 출근하던 사람들이 가던 길을 멈추고 저렇게 모여 있다니. 그녀는 사람들이 모여 있는 곳으로, 방금 그녀가 건너온 횡단보도 저편으로 다시 돌아가고 싶었다. 그녀는 무의식적으로 다시 한 번 시계를 확인했다. 첫 출근인 것을 잊고 있던 것처럼 깜짝 놀라 맞은편에 보이는 그녀의 사무실이 있는 건물을 흡족한 마음으로 바라보았다. 무리지어 있는 사람들을 다시 한 번 돌아보긴 했지만 그녀는 첫 출근 중이지 않은가. 회사를 향해 또각, 또각, 당당하게 걸었다. 첫 출근에서 맡은 일은 많지도 어렵지도 않았다. 퇴근길에 그녀는 같은 횡단보도에 서 있었지만 아침에 본 무리는 기억하지 못했다. 아침에 사람들이 모여 있던 자리에는 바닥에 떨어진 몇 개의 낙엽만 바람에 굴러다니고 있었다. 그녀는 그날 저녁 집 앞 분식집에서 김밥을 한 줄 사먹고 집으로 돌아왔다. 좁은 방 침대에 걸터앉아 누군가와 긴 통화를 했다.

아침에 책을 읽다가 페이지 사이에 끼인 작은 점 같은 것을 봤어. 누가 책을 읽다가 저기에 잉크를 떨어뜨렸을까, 잠깐 생각했지. 도서관에서 빌린 책이었거든. 이 책을 읽었을 많은 사람들을 떠올렸어. 그런데 자세히 보니 그건 점이 아니라 아주 작은 벌레의 사체였어. 하루살이만큼 작은 벌레인 것 같았는데 자세히 보니 날개가 있더라고. 어쩌다 책에 끼어 죽었을까. 벌

레에 자꾸 눈이 가서 그 페이지에 집중할 수 없었어. 그 페이지
에 어떤 내용이 있었는지. 그것을 이해해보려고 전 생을 다 바
친 무수히 많은 사람들이 있다. 그들은 영영 돌아오지 못했다.
이런 문장들을 본 것도 같았는데. 그런데 그게 중요한 게 아니
라. 책 사이에 끼인 벌레에 자꾸 신경이 쓰이던 나는 그 페이지
를 대충 읽고 빨리 다음 장으로 넘겼어. 책갈피를 한 장 넘기니
까 그 벌레가 보이지 않더라고. 그래도 생각은 했지. 앞장에 죽
은 벌레가 있는데. 몇 번인가 생각을 했어. 어쨌든 계속 책을
읽다보니까 몇 장이나 책장을 넘긴 건지 벌레는 아주 잊고 말
았지. 검은 점은 그 책을 미처 다 읽기도 전에 완전히 잊혔어.
여전히 그 페이지와 페이지 사이에 죽은 벌레가 남아 있었는데
말이야. 그런데 나는 뭘까? 문득 그런 생각이 들었지. 웃기지
않아? 그녀와 통화하고 있던 누군가는 여기까지 말하고 잠시
말을 멈추었다. 이제 그녀가 대답할 차례였다. 하지만 그녀는
누군가의 이야기를 귀 기울여 듣고 있지 않았다. 그녀는 몹시
피곤했다. 무심코 창밖으로 고개를 돌렸다. 창밖에는 수없이
무너지는 마음들. 어떻게든 붙잡고 싶은 밤. 아침이면 지치지
도 않고 솟아오르는 태양이 있었다. 끝없는. 그리고.

그녀는 다음날에도 그 다음날에도 또 그 다음날에도 출근했
다. 그녀는 다음 주에도 그 다음 주에도 그 다음 주에도 출근했
다. 그리고 그녀는 한 달 동안 매일 아침 그 사람들의 무리를
보았다. 항상 그녀가 두 번째 횡단보도 앞에 서 있을 때 뒤를

돌아보면 그녀가 막 건너온 횡단보도 건너편에 사람들이 모여 있었다. 아는 사람들 같지는 않은데. 그녀는 이제 무심코 돌아보지 않았다. 두 번째 횡단보도 앞에 서면 의식적으로 뒤를 돌아보았다. 사람들의 무리는 점점 늘어서 그녀가 출근한 지 한 달째 되던 날 그녀가 돌아본 사람들의 무리는 거의 월동준비를 하는 황제 펭귄의 무리를 연상시켰다. 무채색 양복에 흰 셔츠, 타이를 맨 사람들이 서로를 밀고 밀치며 원의 안쪽으로 들어가려고 애쓰는 모습이 멀리서도 보였다. 원의 가장 가장자리에 있는 사람은 까치발을 들고 안쪽에 있는 것을 보려고 안간힘을 다하고 있었다. 여자들이 남자들의 힘에 밀려 발이 밟히거나 몸이 거칠게 밀쳐져 고통을 호소하는 소리가 그녀의 귀에까지 들리는 것 같았다. 오토바이가 아스팔트 바닥에 미끄러지며 내는 요란한 소리가 그 무리의 안쪽에서 들려왔다. 그녀와 함께 횡단보도 앞에 서 있던 사람들이 동시에 뒤를 돌아보았다. 사람들이 웅성거렸다. 무슨 일이야? 뭐지? 싸움이라도 났나? 그녀처럼 그들도 다시 길을 건너갈 생각은 없는 것 같았다. 다만 왜 사람들이 저렇게 모여 있는지 궁금하긴 한 것 같았지만, 그렇다고 꼭 이유를 알아야겠다는 의지가 있는 것도 아닌 것 같았다. 그녀는 그날 아침에도 언제나 그랬던 것처럼 정시에 출근했고, 최선을 다해서 근무 시간을 견뎠다.

그런데 아침마다 무슨 일이지?

어느 날 밤, 그녀는 문득 그런 의문이 들었다. 입사하고 몇 달쯤 지나 어느 정도 일이 익숙해졌을 때였다. 내일 아침은 조금 여유 있게 출근해서 길을 건너지 않고 그 자리에 사람들의 무리가 모일 때까지 기다려야겠다고 생각했다.

그녀는 빠른 걸음으로 걷고 있었다. 몇 번이나 손목시계를 확인했다. 그녀는 자신이 어디로 가고 있는지 알지 못했는데 어디로 가고 있는지는 모르지만 빨리, 조금 더 빨리 가야 할 것 같았다. 이미 많이 늦었다는 생각이 들었고 그렇지만 어디로 가고 있는지 모르기 때문에 아무리 서둘러도 어딘가에 도착할 수 있을 것 같지 않았다. 그녀는 초조하고 불안했다. 그녀는 낯익은 사거리 앞에 서 있었다. 횡단보도 앞에 서서 신호를 기다렸다. 그녀 앞쪽으로 무수히 많은 빌딩들이 서 있었고 햇빛이 그녀의 머리 위에서 너무 강렬하게 쏟아지고 있어서 그녀는 아무 생각도 할 수 없었다. 왠지 뭔가에 쫓기고 있는 기분이 들었다. 무심코 뒤를 돌아보았다. 그녀가 방금 건너온 횡단보도 건너편에 수십 명의 사람들이 웅성거리며 서 있었다. 그녀는 그 무리의 사람들이 서로를 밀치며 원형을 이루고 있는 대형의 안쪽으로 들어가려고 하는 것을 보았다. 저 안에 뭐가 있는 걸까. 연예인이라도 온 걸까. 그녀는 그런 무리를 처음 보는 것처럼 그 무리가 궁금했고 어딘가에 늦더라도 반드시 저 무리의 안쪽에서 일어나는 일을 확인하고 싶었다. 그녀는 이마에 흐르는 땀을 닦았다. 주머니에서 휴대전화를 꺼내 시간을 확인했다. 신호가 바뀌었다. 그녀와 같은 신호를 기다리고 있던 사람들이 일제히 같은 방향으로 길을 건너갔다. 오직 그녀만 반대 방향으로 돌아섰기 때문에 그녀는 사람들에게 걸림돌이 되었다. 사람들이 그녀의 어깨를 함부로 밀치고 지나갔다. 사과를 하는 사람은 아무도 없었다. 오히려 그녀가 갑자기 방향을 바꿔 돌아서는 바람에 자신들의 흐름을 방해한 것에 화가 난 것 같았다. 그녀는 자신이 방금 건너온 신호가 다시 바뀌기를 기다렸다. 그녀가 신호를 기다리는 동안 길 건너 사람들의 무리는 조금 더 늘어났고, 더 많은 사람들이 더 거센 힘으로 안쪽으로 들어가려고 하고 있었기 때문에 그들이 만들어낸 원형 대형은 더 공고해진 것처럼 보였다. 마침내 초록불이 들어왔다. 그녀는 횡단보도를 빠른 걸음으로 걸었다. 등줄기에서 땀이 흘러내렸다. 그녀는 그 무리를 향해 거의 돌진했다. 몇 겹으로 둘러쳐진 사람벽을 뚫고 저 안 쪽으로 들어가리라. 저 안쪽에 도대체 무엇이 있는지 확인하리라. 그녀는 있는 힘을 다해 사람들 사이를 헤집고 들어갔다. 사람들 사이를 벌리고 들어가려고 안간힘을 썼다. 그녀를 밀치고 잡아당기는 사람들 틈에 온몸을 던졌다. 그 와중에 몸 여기저기에 상처가 났다. 사람들의 다리 쪽 공간으로 몸을 낮춰 파고들어가기도 했다. 그녀는 마침내 원의 중앙에, 몇 겹으로 둘러싸인 사람벽의 빈 중심에 들어왔다. 강렬한 빛이 눈을 찔렀다. 깨진 거울들. 그녀는 순간적으로 눈을 감았고 그 찰나, 무수히 많은 소리들을 들었다. 어떤 비명소리 같은 것이었던가. 삶의 모든 것이 들어있는 목소리.

그녀는 비명을 지르며 잠에서 깼다. 그 무리에 대해 너무 골 몰하며 잤구나. 그녀는 꿈을 대수롭지 않게 생각했다. 사실 그 녀는 꿈에 대해 생각할 시간이 없었다. 침대 머리맡의 휴대전 화를 확인했다. 삼십 분. 그녀는 삼십 분 안에 회사에 출근해 있어야 했다. 허둥지둥 욕실로 들어갔다. 정신없이 이를 닦고 세수를 하면서 그녀는 꿈을 잊었다. 꿈은 물론 어제의 결심도 잊었다. 오늘의 계획도 잊었다.

그녀는 옷을 대충 걸쳐 입고 나와 빠른 걸음으로 걷기 시작 했다. 몇 번인가 손목시계를 확인했다.

수상작

정전

그는 아침 일찍 걷기 시작했다. 밤새 뒤척거리느라 거의 잠을 자지 못했는데도 이른 새벽 눈이 떠졌다. 잠깐 잠이 들었을 때 꿈을 꾸었는데 오랫동안 소식을 듣지 못한 사람이 나왔다. 그 사람의 이사를 돕는 꿈이었다.

어디로 가려고 그래?

그가 물었는데 다음 순간, 그 사람이 이사한 바다가 내려다보이는 작은 집에 그가 그 사람과 나란히 서 있었다. 파도가 너무 가까이 있어서였는지 그는 그 사람이 왠지 모르게 위태로워 보였다. 그렇다고 그 사람이 지치고 힘들어 보인 것은 아니었는데 그 사람이 오랫동안 지치고 힘들었구나 싶어서 왠지 마음이 외로워졌다. 그 사람이 왜 이사를 결심했는지 알 것 같았다. 꿈에서 외로움을 느낀 것은 처음이었다.

꿈 때문은 아니었지만. 정해진 시간에, 정해진 장소에 도착해야 하는 사람처럼 그는 아침도 먹지 않고 걷기 시작했다. 지하철을 탈 생각으로 집에서 가장 가까운 지하철역으로 걷기 시작했는데 역 입구까지 왔을 때 지하철을 타고 딱히 갈 곳이 없다는 것을 깨달았다. 그는 가야할 곳이 없었고 가고 싶은 곳도 없었다. 지하철역을 지나쳐서 걷고 있던 방향으로 계속 걸었다. 아직 이른 시간이었는데 해가 너무 뜨거워서 그는 이러다 우리나라에도 사막이 생기는 것은 아닐까 생각했다.

그는 몹시 목이 말랐다. 생수를 한 병 사려고 편의점에 들어갔다. 나이가 제법 들어 보이는 여자가 계산대에 있었는데 돈을 건네며 보니 여자의 가슴에 이름표가 붙어 있었다. 여복례. 그는 고개를 들어 여자의 얼굴을 자세히 보았다. 흔한 이름은 아닌데. 그 나이든 여자의 얼굴에서 그는 그가 알고 있던 여복례의 얼굴을 떠올릴 수 없었다.

내가 원래 이렇게 살 사람이 아닌데.

거스름돈을 돌려주던 여복례씨가 갑자기 혼잣말을 해서 그는 그녀가 그가 알던 여복례는 아니라고 확신했다. 여복례는 살아 있을까. 그는 갑자기 같은 직장에 다녔던 많은 사람들의 생사가 한꺼번에 궁금했고 염려스러웠다. 그는 많은 사람들의 생사를 몰랐다. 그들 중 누구도 그의 생사를 모를 것이다. 그는 그 사실에 만족했고 만족감으로 조금 전보다 가벼워진 발걸음을 느끼며 계속 걸었다.

그가 사는 동네에서 삼십 분 이상 걸어 나오자 그가 한 번도 걸어보지 않은 길들이 나타났다. 그는 낯선 거리에서 인정과 욕망, 연민과 사랑을 보았다. 바다, 물고기, 고래와 문어를 보았다. 나는 문어를 기르는 척척박사예요. 우리 집에는 고래가 있어요. 엄마의 손을 잡고 걸어가던 아이가 벽에 그려진 바다, 물고기, 고래와 문어를 가리키며 말했다. 아이가 귀여워서 그는 문득, 아이와 아내를 가져보는 건 어떨까 생각했고 헛웃음이 나서 웃었다. 아기들의 귀여움은 생존을 위한 진화의 결과라고, 아기들이 귀여운 이유를 몸보다 크고 동그란 머리에서부터 분석적으로 찾아나가던 다큐를 떠올렸다.

그런데 어쩌다 이렇게 된 걸까. 그는 계속 걸으면서 어쩌다, 어쩌다라는 말을 떠올렸고 연이어 여러 개의 어쩌다로 시작하는 문장을 만들었다. 다리는 무의식적으로 움직였다. 얼마를 걸었을까 그는 8차선 대로변을 걷고 있었는데 이정표를 보니 은평구 연신내 어디쯤이었다. 어쩌다 떠오른 음악처럼. 어쩌다 생각난 사람. 어쩌다 태어나서. 그는 한동안 쉬지 않고 어쩌다,로 시작하는 문장을 만들었다. 어쩌다 비, 어쩌다 바람, 어쩌다 햇빛. 어쩌다 눈, 구름. 어쩌다, 어쩌다,

윤리의 어원인 그리스어 에토스는 "인간이 거주해야 하는 근원적인 세계"를 의미합니다. 즉, 윤리는 우리의 거주지이고 우

리가 거주해야 하는 곳이지요. 우리의 근원적 거주지는 오래
전에 붕괴 되었습니다. 분노로 가득 찬 거리. 술에 취해 싸우는
많은 사람들이 있습니다. 불안한 눈빛으로 거리를 헤매는 더
많은 사람들이 있습니다.

우리에게는 입구도, 출구도 없어요.

그런데,

그런데도 우리 중에 난민이 아닌 자가 있습니까.

어쩌다, 그는 열정적으로 강의했었다. 그에게도 언젠가 신념
이 있었다. 그렇지만 그것은 지난 달이나 지난 주, 어쩌면 어제
인지도 몰랐다. 지나간 것들은 그저 흘러간 어떤 것일 뿐이었
다. 이미 흘러간 어느 때. 그는 수학을 좋아했었는데 그에게 수
학이란 1. 증명 – 자신이 발견한 것을 남이 이해할 수 있도록
설명하는 것, 2. 추상 – 미지의 수 x y, 3. 여러 가지 부등식, 4.
실수를 설명하겠다. 5. 무한대의 무한대. 같은 것들이었다. 미
지의 무한대. 흘러간 또 다른 어느 때. 만화에는 소원을 들어주
는 요정이 많았었는데. 그는 어린 시절 소원을 들어주는 요정
들을 보면서 자라서인지 흘러간 것들을 떠올리면 언제나 요정
들이 함께 떠올랐다. 만약 지금 이 길에서 진짜 소원을 들어주
는 요정을 만난다면. 그는 이제 무슨 소원을 빌게 될까.

환상이 이미 남김없이 붕괴되었다는 것을 알면서 폐허를 지

속시키기.

폐허의 지연?

그는 이런 저런 쓸데없는 생각들을 하면서 걸었고, 시간의 순서 없이 떠오르는 기억들에 대해 감정의 이름을 지어붙이지 않고 흘려보냈다. 다리가 아파왔다. 몇 년 전에 깁스를 했던 오른쪽 발목이 욱신거렸다. 그는 그가 얼마나 많은 거리를 지나쳐왔는지, 집으로부터 얼마나 멀리 왔는지 알 수 없었다. 왜 걷기 시작했더라. 이제 그만 걸을까 싶었고 돌아가고 싶었다. 그때 어디선가 크리스마스 캐럴이 들려왔다. 크리스마스는 이미 오래 전에 지났고, 크리스마스는 아직 멀었는데. 그는 생각했다. 징글벨, 징글벨. 크리스마스의 종소리. 그는 캐럴 때문에 갑자기 기분이 묘해졌고 이유 없이 설레었다. 여행지에서 보았던 여름, 크리스마스, 트리를 떠올렸다. 그는 세계적인 SPA브랜드의 건물 앞을 지나고 있었고 마네킹들은 무심히 서 있었다. 몇 걸음 더 걸었을 때 크리스마스 캐롤은 멀어져서 더는 들리지 않았다. 전자제품 할인 마트 앞을 지나고 있었는데 대형 TV에서 야구 중계가 한참이었다. 롯데와 엘지의 경기였는데 9회말, 12대 12 동점 상황이었다. 그는 아직 입가에 남아있는 크리스마스 캐럴을 흥얼거리며 야구의 연장전을 지켜보았다. 이런 것을 어디선가 본 적이 있었는데. 이런 상황이 언젠가 있었는데.

연장전이 시작 되고 얼마 지나지 않아 누군가 홈런을 쳤고 그는 양쪽 팀 중 어느 팀의 팬도 아니었기 때문에 기쁘지도 나쁘지도 않은 기분으로 다시 걷기 시작했다. 걷다가 문득 옆에 여자가 있다는 것을 깨달았다. 여자는 언제부터 그의 옆에 있었는지 아주 가까이에서 그와 속도를 맞춰 나란히 걷고 있었다.

네가 꿈꾸는 미래에 내가 있어?

그에게 여자가 물었다.

네가 꿈꾸는 미래에 여자가 있기는 하냐고?

여자가 너무 갑작스럽게 힐난하는 투로 말해서 그는 당황했다.

내가 꿈꾸는 삶?

그는 여자에게 되물었다.

그래 네가 그리는, 네가 생각하는 미래에 내가 있기는 하냐고?

그는 망설임 없이 대답했다.

그런 거 없어. 나는 꿈꾸지 않아.

그는 다음 순간, 여자의 신음 소리를 들었는지 비명 소리를 들었는지 기억나지 않았다. 그들이 막 들어선 골목에 버려진 깨진 거울이 있었고 깨진 거울에 그의 두 다리와 그녀의 두 다리가 얼핏 스쳤을 뿐 고개를 들어보니 그녀는 사라지고 없었다.

(신음과 비명. 둘 중 하나.

그것은 '모든'이라고 말할 수 있는 모든 것을 포함하는 것이다.

아무것도 꿈꾸지 않는다면.

아니, 네가 꿈꿀 수 있는 모든 것들을 꿈꾼다면.)

그는 우연의 폭력에 대해 생각했고, 여자 때문에 제스처, 포즈, 뉘앙스 같은 것들에 대해 생각했다.

그거 압니까? 사람들이 나를 찾아와서 하는 고민의 90%가 같은 이유 때문입니다.

둘 중 하나예요. 하나는 그 사람이 혹은 그 사람들이 말귀를 못 알아듣는다. 다른 하나는 그 사람이 혹은 그 사람들이 나와 다르게 해석한다. 나의 뜻을 다르게 해석한다. 이런 겁니다. 나를 찾아온 사람들 중에는, 그들에게 말하지는 않았지만 서로가 서로의 고민의 대상인 사람들도 있습니다. 서로 상대에게 같은 말을 하는 겁니다. 그 사람이 말귀를 못 알아들어. 너무 다르게 해석해. 너무 답답해. 그들은 마치 서로의 말을 듣기라도 한 것처럼 거의 똑같이 말합니다.

언젠가 그에게 이렇게 말했던 사람은 노철래였다. 노철래의 십팔번은 산울림의 회상이었고 그는 이 노래를 들을 때마다 노철래가 떠올랐다. 어느새 날이 어두워졌고 그가 걷고 있는 거리의 모든 가게들에 불이 켜졌다. 그는 망원과 합정 사이 어디쯤 걷고 있었다.

"나는 혼자 걷고 있던 거지. 갑자기 바람이 차가워지네."

그가 망원역 근처를 지날 때 그를 스쳐간 사람이 이 노래를 흥얼거리며 지나갔는데 그는 눈치 채지 못했지만 사실 그 사람이 흥얼거린 이 노래 때문에 무의식중에 노철래를 떠올린 것이었다.

도로를 사이에 둔 술집과 밥집들에서, 옷가게와 신발 가게에서 빛과 노래가 흘러넘쳤다. 한 집 앞을 지나기 전에 다음 가게에서 틀어놓은 노래가 들려와서 거리는 노래와 노래로, 넘쳐나는 사람과 사람으로, 화려한 간판에서 쏟아내는 빛과 명멸하는 조명들로 가득 찼다.

그는 너무 오래 걸어서 지쳐있었고 다리가 무감각해져 있었다. 조심성 없이 부딪치고 가는 사람들 때문에 몸이 이리저리 밀려났다. 피로했다. 그는 무력했고 무기력했다. 어서 집으로 돌아가고 싶었다. 여기서 제일 가까운 지하철역으로 가려면 어느 쪽으로 가야하는 걸까. 무심코 고개를 돌렸는데 신발 가게의 쇼윈도에 자신의 모습이 비쳐보였다. 저 사람은 누구인가. 그는 그 자신을 한 번에 알아보지 못했다. 쇼윈도에 비친 남자는 등이 굽고 야위어 보였다. 그는 가슴을 활짝 펴고 허리를 꼿꼿이 세웠다. 쇼윈도에 비친 남자의 가슴이 약간 펴지고 허리가 조금 세워진 것 같았지만 그는 쇼윈도에 비친 그가 자신이라는 것을 믿을 수 없었다. 저 사람은 누구인가. 저 등이 굽은 사람은. 그는 그 자신을 알아볼 수 없었다.

그 순간, 거리의 모든 불이 꺼졌다. 갑자기 거리가 새카만 어둠 속에 빠졌다. 소리도 빛도 멈춘 암흑의 순간, 몇 초간의 정적에 뒤이어 사람들의 비명 소리가 들려왔다. 어느 술집에 모여 있던 사람들의 소리였을까. 그는 놀라서 자세를 약간 낮추었다. 사방은 온통 어둠 뿐, 아무것도 보이지 않았다.

(태어나면서 나에게 던져진 '나' 라는 빛,
내가 다른 누군가와 다른, 다른 누군가가 아닌 '나' 일 것이라는 믿음.
그 확고한 믿음이 삶을 비추고 있는 것 아닌가. 무대 위의 배우에게 핀 조명이 비춰지고, 배우가 자신의 역할을 연기하기 시작하는 것처럼. '나' 라는 빛이 우리의 기억과 망각을, 삶과 죽음을 이끄는 것이 아닌가.

태어나면서부터 나를 비추고 있는 빛.
'나' 라는 빛을 믿으면서 앞으로 나아가고 있는 것이 아닌가.

모든 불이 꺼진 찰나,

'나' 라는 빛이 사라진 찰나,
찬란한 無의 찰나,)

몇 초 뒤 거리에 일제히 불이 들어왔다. 아무 일도 없었던 것
처럼.
빛과 노래가, 사람들이 웃고 떠드는 소리가 거리를 가득 채
웠다.

오직 거기 없는 그.

신발 가게의 쇼윈도에는 나란한 신발뿐, 아무 것도 비치지
않았다. ✱

스마트소설박인성문학상 수상자
윤해서

그 많은 하룻밤의 유의미 무의미가 무중력으로 지금 우리의 가슴에 와 있어요

윤해서 2010년 『문학과사회』 신인문학상 소설 「최초의 자살」로 등단. 동인 '舞價値' 활동 중.
e-mail:hekatekang@naver.com

차 례

2
0
1
7

수상작품집

스마트소설
박인성
문학상

2015년 겨울 후보작

가장 인공적인 장소에서 목가적인 꿈에 대한 글을 읽는 것, 그런 식으로 어긋나는
독서가 마음을 산뜻하게 만들어준다

김성중 _ 2008년 중앙신인문학상으로 등단. 소설집 『개그맨』 『국경시장』을 출간했다.
e-mail:hippieshow@naver.com

스마트소설박인성문학상 후보작
김성중

완벽한 캘리포니아의 하루

그녀는 타임스퀘어 2층 교보문고 카페에 앉아있다. 창밖으로 주차장을 빠져나오는 차들을 한 대, 두 대 내려다보인다. 어항에 갇혔다 빠져나오는 물고기처럼 지하에서 올라온 차들이 유턴을 하고 다시 복잡한 도로 속에 합류해 교통체증의 물결을 만드는 것을 조금 날카로운 눈빛으로 바라보고 있다.

부글부글 끓어 넘쳐 정처 없는 마음이 될 때, 그녀에게는 자기만의 처방이 있다. 대형 쇼핑몰의 대형 서점으로 들어가는 것. 서점에 서서 책들을 읽다가 뛰쳐나가 갑자기 옷을 사고, 새 옷을 걸친 채 서점으로 돌아온다. 돌아와 읽다 만 책을 계산한 후 서점 안 카페로 가서 커피를 주문하고 종이가방을 얌전히 내려놓은 채 머릿속에서 새 옷과 새 책이 그녀를 차지하기 위해 싸우는 풍경을 목도한다. 이상하게 위로가 되는 풍경이다.

아니다. 정확하게 벌어지는 일은 눈뒤짐으로 글자를 훑으면서 방금 끝낸 쇼핑을 힐난하는 것이다. '뭐 하러 이 옷을 샀지?' 십 분 만에 고른 옷은 완벽한 선택일 리 없다. 그래도 이런 식의 시니컬한 구름이 머리 위에 생겨버리면 오로지 새 옷만이 처방이다. 몸이 마음에 갇혀 있을 때, 마음이 몸에 갇혀 있을 때, 색을 바꾸지 못하는 카멜레온처럼 느껴질 때, 제 몸의 옷을 '지금 당장' 바꿔야 하는 것이다.

새 옷에서 풍겨오는 화학약품 냄새가 모든 것을 부자연스럽고 인공적으로 바꾸어 놓았고, 그 냄새를 맡으면 치밀어오르는 감정에서 정신을 떼어놓을 수 있다. 너무 많은 옷들은 오히려 울고 싶게 만들기 때문에 하나나 두 개만 산다. 어쩌면 옷보다 손목에 걸린 종이 가방의 무게가 더 필요했는지도 모른다고 그녀는 생각했다. 그러나 이처럼 돌연하고 발작적인 선택만이 파도의 높이를 낮춰주는 까닭은 도무지 헤아리지 못했다.

손에 들린 책 제목은 『완벽한 캘리포니아의 하루』. 그녀의 쇼핑만큼이나 가벼운 제목이다. 종이를 넘기자 악기를 하나만 쓴 연주곡처럼 께느른하고 맵싸한 문장이 툭툭 지나간다. 주홍색 니트 스웨터에 감싸인 심장이 조금씩 안정된다. 책 읽는 리듬이 빨라지자 심해에 다이빙하는 잠수부처럼 그녀가 숨을 깊이 들이마신다. 그녀는 글자에 실려 무의식을 유영한다.

충동에는 항상 방아쇠가 있는 법. 오늘의 방아쇠는 얇은 목걸이 줄이었다. 그녀는 동거 중인 연인과 소리를 내며 싸웠고,

싸우면서 옷을 갈아입었고, 욕설을 뱉으며 목걸이를 꺼냈고, 현관문을 소리 나게 발로 찬 다음 엘리베이터 안에서 목걸이를 채우려했다.

처음 만났을 때 연인은 침대에 누운 채 그녀가 옷을 입는 풍경을 명화를 감상하듯 바라보는 남자였다. 그러나 지금은 침대에서 스마트폰을 쥔 채 부아를 돋우기만 하는 거추장스러운 가구로 바뀌었다. 연인의 말은 집요한 목적을 가지고 설계되어 있다. 오로지 그녀가 화가 나도록, 화가 나서 못 견디도록, 고함을 지르고 불덩이를 밖으로 끄집어내도록 말이다. 이렇게 화를 내면 머릿속이 엉켜버리고, 다음 장소가 어디든 그녀는 파멸하게 되어 있다. 지인들을 만나러 가면 분위기를 망치고 일을 하러 가면 일을 망치는 식이다. 뜨겁게 먹어야 하는 음식이 차게 식은 것처럼 그들의 관계는 냉랭하게 굳은 기름덩어리가 되어 버렸다. 그래도 아직 헤어질 시간이 아니라서 서로를 견디고 있는 것이다.

작은 사슬로 된 목걸이 줄은 몹시 엉켜 여러 개의 매듭 덩어리로 변해 있었다. 그녀는 지하철에서 내내 목걸이 줄을 풀었다. 어려운 퍼즐처럼 풀고 또 풀었다. 이 줄을 다 풀면 저 빌어먹을 애인과의 관계가 풀릴 것처럼. 지불할 청구서와 욕실의 곰팡이 얼룩이 사라지기라도 할 것처럼. 그러나 하나 남은 매듭은 끈질기게 풀리지 않았고 결국 포기한채 강의실에 도착했다.

시간 강사인 그녀는 일주일에 두 개뿐인 강의 중 하나를 완전히 망쳤다. 강단은 무대처럼 연기할 필요가 있는 곳인데 오늘은 엉망진창인 연기를 했다. 아무도 감동하지 않고 귀를 기울이지 않는 가운데 오로지 말을 하는 그녀만 참혹을 확인하는 시간이었다. 서둘러 수업을 마치고 강의실을 나서자 엄청난 패배감이, 일과 사랑과 현재의 운명 모두를 망쳐버리고 있다는 패배감이 고압전류처럼 그녀를 감쌌다.

감전되지 않기 위해 오후의 모든 약속을 취소하고 집과 학교의 중간쯤에 있는 영등포에 내려 타임스퀘어에 빨려들어가 지금에 이른 것이다.

'쇼핑몰의 수많은 사람들, 상품들, 소음과 조명들이 고통의 중력을 덜어주었다……'라고 그녀는 노트를 펼쳐 메모했다. (스웨터는 50% 세일하는 물건이었고……) 라는 중얼거림은 괄호 안에 묻었다. 무엇보다 리처드 브라우티건의 글! 그녀는 거대 쇼핑몰에서 생태문학의 대표 작가 글을 읽는다는 부조화가 맘에 들었다. '가장 인공적인 장소에서 목가적인 꿈에 대한 글을 읽는 것, 그런 식으로 어긋나는 독서가 마음을 산뜻하게 만들어준다'라고 그녀는 문장 하나를 꺼냈다.

그날의 문장을 꺼냈기 때문에 그녀는 안정을 되찾았고, 자기 자신도 되찾았다. 기분이 나아진 정도가 아니라 좋아졌다. 그래서 덜 풀린 목걸이 줄을 꺼냈다.

창밖에는 여전히 주차장에서 빠져나가는 차들이 보였다. 가

스마트소설박인성문학상 후보작
김성중

을볕에 반사되는 세단의 미끈한 검은 등이 송어처럼 보인다고
생각한 순간, 하나 남은 매듭이 다 풀렸다.

완벽한 캘리포니아의 하루는 이런 기분일 거라고 그녀는 생
각했다. ⚡

어째 눈이 올 것 같습니다. 푸근해요……. 그리고 잠시 뜸을 들였다가, 구름이 이불 같군요…… 라고 남자가 말한다

김효숙 _ 제주도 출생. 1999년 『문학과의식』 소설 등단. 작품집 『별을 품고 자다』, 공저 『네 여자 세 남자』. 중앙대예술대학원 박사과정.

눈길

"세 시간을 드립니다! 자유롭게 산행하세요. 길이 빠르니 뭐."

산은 최남단에 있어서 명성이 높았다. 그래서인지 전세버스에 빈자리는 없었다. 버스에서 내려 산길로 접어든 일행은 반남짓, 어느새 다들 흩어지고 없었다. 산길이 아니어도 길은 있기 마련이니까. 산길로 들어서지 않은 다른 일행도 길이라는 곳으로 갈 수밖에 없을 것이다. 길은 어딘가로 통할 테니. 그러다가 길이 없어지는 바로 거기가 목적지일 것이다.

낯선 산길은 앞선 사람의 발뒤꿈치를 보면서 따라가면 된다. 앞서가는 발뒤꿈치들에 오늘도 그녀는 안도했다. 남들보다 빨리 정상에 닿는다 해도 맨 말미의 누군가가 거기에 이르러야 오르막 산행은 끝난다. 늘어뜨렸던 개 목줄을 감아 들이듯 끝과 처음이 만나야 한다. 그러니 서두르지 않아도 된다. 몇 차례 단체 산행에서 그녀는 거기에 맞는 보법을 배웠다.

빨리 와. 뒤에서 들리는 남자 목소리에 그녀는 몸을 돌려세웠다. 모르는 남녀가 등을 돌린 채 서 있다. 또 다른 남자 하나가 그들 쪽으로 뛰어온다. 그 남자는 간이화장실에 조금 오래 머무른 모양이다. 남자의 뒷배경으로 나지막한 건물들과 간판들이 보인다. 거기에는 마트, 식당, 모텔들의 이름이 적혀 있을 것이다. 사람 사는 곳이면 어디나 있는 그런. 그곳에 이르는 길은 보이지 않는다. 길은 그 길을 가는 자만 볼 수 있을 것이다. 그녀는 다시 산 쪽으로 돌아섰다. 어디에도 없는 외길처럼 산길은 뚜렷하다.

등짐은 무거웠다. 도시락과 물 한 병, 사과 한 알이 전부인 배낭에 바위가 들어 있는 것 같았다. 그 바위는 남편처럼 내내 등덜미를 눌렀다. 무거워도 내려놓을 수 없는 짐. 산길을 오를수록 갈증은 심해졌고, 물병은 점점 비어 갔다. 남편은 이제 그녀에게 물 한 모금 흘려 넣을 줄 모르는 마른 수도꼭지나 다름없었다.

"그러니까 내가 야간대학에라도 가라고 했잖어, 그럴 땐 안 가 놓고 대체 왜 이래? 징글징글해 정말."

"잘난 척 좀 작작 해! 한 대 맞고 그만 할래? 더 맞고 죽을래?"

죽을래?라는 말 뒤에는 주먹이 날아들었다. 눈앞이 캄캄해지며 섬광이 일었다. 눈앞이 어두울수록 섬광은 핏빛을 띠었다. 자신에게서 나오는 눈물로 그녀는 어둠을 씻어내렸다. 외

스마트소설박인성문학상 후보작
김효숙

출할 때는 색안경으로 터진 핏줄을 가렸다. 앞으로도 계속 울어야만 그 죽음 같은 어둠을 씻어낼 수 있을 것이다. 하지만 이제는 그만 울고 싶었다. 그런 눈물을 참듯 그녀는 물을 아꼈다. 가장 힘든 코스에서 물은 많이 필요할 테니까. 그때는 물을 꼭 마셔야 하니까. 많이 아플 때 눈물 쏟아지듯 많이 많이.

배낭 아래 등줄기로 습기 품은 열기가 느껴졌다. 산 초입에서는 으슬으슬했는데, 남쪽 지방이라 그런지 겨울인데도 푸근하다. 하늘 쪽으로 꿈틀꿈틀 뻗어 있는 빈 나뭇가지들을 올려다보았다. 회색 구름을 툭 건드릴 것처럼 하늘이 낮게 내려와 있다. 조금 전 그 한 쌍과 남자의 목소리가 등뒤에서 바짝 들려왔다. 오빠! 여자가 그중 한 남자를 부른다.

그녀의 남편도 한때는 오빠라는 이름을 가졌었다. 오빠를 거쳐 자기가 될 때까지는 그녀의 기분을 잘 읽어냈다. 그녀가 고등학생을 거쳐 2년제 대학 마지막 학기에 아이를 가질 때까지. 그리고 그 후로 여보라는 설탕 뿌린 호칭으로 바뀔 때까지는. 호칭이 변하면서 그도 변했다. 여봇, 너, 이 자식까지. 남편은 틀림없이 그 호칭 같은 사람으로 그녀 앞에 존재했다. 주먹을 날려놓고는 그녀가 그에게서 설탕맛을 도무지 느끼지 못할 지경이 되면 두 손을 싹싹 비비며 잘못했어 용서해줘를 연발했다. 손바닥이 혓바닥처럼 일쑤 거짓 소리를 냈다. 그녀는 번번이 그 소리에 속았다.

"여긴 봄이군요 벌써."

남자가 그녀 옆으로 다가서 있었다. 씻지 않은 몸 냄새가 훅, 콧속을 후볐다. 아내도 애인도 없는 사람일지도 모른다. 그런 남자들에게선 이런 몸 냄새가 난다. 홀로 있어서 제 몸을 방치 해버린 그런 게으른 냄새가. 그녀는 옆으로 한 발짝 비켜선다. 정말요. 한 발짝 비켜서는 동안 할 수 있는 답변을 하고는 곧장 앞으로 걸어간다. 남자가 바짝 그녀를 따라왔다. 옆구리에 붙 은 상표처럼 남자가 깔끄러웠다. 그녀는 낯선 남자에게 말을 거는 게 아직 서툴다. 이 말을 해도 저 말을 해도 다 적당하지 않아 보인다. 낯설다는 건 바로 그런 감정이다.

오빠라고 부르던 여자와 남자는 저만치 앞서가고 있다. 그녀 의 걸음걸이가 자꾸만 빨라졌다. 앞서 가는 그들이 거리를 벌 릴수록 이 남자는 그녀와 가장 가까이 있는 사람이 되어 갔다. 자꾸만 물이 당겼다. 멈춰 서서 또 물을 마셨다. 물은 어느덧 바닥 쪽에 가까워져 있다. 남자는 무슨 말인가를 골라서 꺼내 려고 애를 썼다. 그녀가 멈춰 서면 남자는 하늘 쪽으로 고개를 쳐들고 하아하아, 밭은 숨인지 좋다는 표현인지 모를 소리를 내며 기다려줬다.

어쩌 눈이 올 것 같습니다. 푸근해요……. 그리고 잠시 뜸을 들였다가, 구름이 이불 같군요…… 라고 남자가 말한다. 그녀 는 배낭에 있는 사과 한 알이 먹고 싶어졌다. 새콤한 뭔가를 먹 어줘야 할 것 같다. 몇 번 온 단체산행에서 이렇게 들척지근하 게 구는 남자는 처음이다. 어색한데도 피할 수가 없다. 산길이

스마트소설박인성문학상 후보작
김효숙

앞뒤로 텅 비어 있어서다. 산길을 혼자 가는 건 으스스한 일이니까. 두 사람은 이제 동행하는 꼴이 되어버렸다.

사과는 정상에서 먼 바다를 내려다보며 먹을 참이었다. 지난번 산행에서 어떤 남자는 어떤 여자가 가지고 온 사과를 손으로 쪼개줬다. 잘 익은 사과가 쪼개지며 짝! 손뼉 치는 소리를 냈다. 그 둘은 그것을 아사삭 아사삭 소리를 내며 먹었다. 그때 그녀의 입안엔 새콤한 맛 나는 침이 고였다. 이렇게 불쑥 끼어든 남자 때문에 기대를 미리 끌어다 낭비해버릴 수는 없는 노릇이다. 그래서 그녀는 참았다. 이 남자와의 동행을 참는 것도 사과를 참는 것도 어차피 산 정상까지는 해야 할 일이다.

"흙 많은 산이 좋습니다 저는. 여자 같은 산이지요."

툭, 싸늘한 점 하나가 볼에 닿더니, 남자의 말이 희뜩희뜩 날아드는 눈발 속에서 흔들린다. 얼굴에 달라붙는 눈의 물기를 닦아내다가 그만두었다. 눈발이 더 촘촘해지더니 산길은 이제 두툼한 흰색 천을 깔아놓은 듯했다. 발을 떼고 난 자리에 발자국이 선명하게 찍혔다. 몇 번 신지 않은 등산화 바닥의 양각무늬가 그대로 옮겨졌다. 오! 눈이 점점 많이 오는데요. 그녀는 남자를 보며 자신도 모르게 탄성을 질렀다. 대꾸 없는 남자의 입가에 웃음인지 떨림인지 모를 움직임이 짧게 떠올랐다.

눈은 밀가루 포대를 찢어놓은 듯, 수습 못하게 쏟아져 내렸다. 신발이 눈 속으로 푹푹 빠졌다. 남자는 앞서가다가 뒤를 돌아보기도 하며 그녀와 보폭을 맞추려 했다. 하산하는 사람은

아직 보이지 않는다. 산을 오르는 사람도 없다. 산길에는 그녀
와 남자만 있었다. 눈은 얼마나 쏟아지려는 걸까. 그녀는 올라
온 길과 올라갈 길을 번갈아 바라보았다. 올라가도 좋고 내려
가도 좋은 길. 스크린을 내려뜨린 듯 어느새 부옇게 변한 눈앞.
눈은 내리면서 발자국이 찍힌 곳을 차근차근 지워나갔다. 빗자
루로 쓴 듯 흔적도 없이. ✦

그녀와 피아니스트는 스승과 제자로 만났다

배상민 _ 2009년 계간 『자음과모음』 신인문학상. 장편소설 『콩코, 콩고』 『페이크픽션』,
소설집 『조공원정대』.

어느 피아니스트의 진심

"달리 말해서, 원작을 해석하는 연기자나 연주자가 원작자의
진심을 전달할 수 있을까요?"*

다큐멘터리 영화를 찍는 감독이 질문을 했다. 피아니스트는
멍청한 질문이라고 생각했다.

"생각해 보세요. 악보에 쓰인 그대로 연주해야한다면 피아니
스트는 왜 존재해야 하는 걸까요? 그대로 재현하는 것은 기계
가 더 잘할 겁니다. 그렇다면 기계가 원작자의 진심을 재현한
다고 말할 수 있을까요? 원작자의 진심이 어떤지는 아무도 모
릅니다. 하지만 제 피아노 연주를 듣고 청중이 감동을 받았다
면, 진심이 전달됐다고 할 수 있지 않을까요? 대체 진심이 아
니라면 무엇이 그 수많은 사람들에게 감동을 줄 수 있단 말입
니까? 단언컨대, 콘서트 홀 안에서만큼은 저와 청중이 단 하나
로 묶여 있습니다."

감독은 피아니스트의 말에 감탄하며 고개를 끄덕였다. 피아니스트는 저런 표정을 좋아했다. 평생, 그가 만나온 청중들은 저런 표정이었으며, 그는 저런 표정에 만족했다. 어쩌면 피아노 연주를 할 때보다 저런 표정을 마주할 때, 피아니스트는 비로소 예술적 성취라는 것을 자각하곤 했다.

감독이 처음 자신을 대상으로 다큐멘터리 영화를 찍자는 제안을 했을 때, 피아니스트는 승낙할 생각이 없었다. 하지만 피아니스트에 관해 세간에 떠도는 많은 오해들을 불식시킬 절호의 기회라는 감독의 말 한마디가 그를 돌아서게 했다. 그랬다. 청중들은 피아니스트 앞에서는 그의 뜨거운 예술혼에 대해 존경스러운 표정을 짓다가도 돌아서면 입방아를 찧어 댔다. 그 중에서 특히 피아니스트의 가슴을 아프게 했던 소문은 평생 그가 사랑했던 단 한 명의 여인이자 제자였던 이와의 일에 대한 것이었다.

그녀와 피아니스트는 스승과 제자로 만났다. 제자를 받지 않기로 유명했던 그가 그녀를 제자로 받아들인 유일한 이유는 첫눈에 반했기 때문이었다. 그녀는 아름다웠고, 총명했으며, 무엇보다 그의 연주를 사랑하고 이해했다. 하지만 결론적으로 둘의 사랑은 끝까지 이어지지 못했다. 그 것은 피아니스트의 말 한마디 때문이었다. 어느 날 그녀는 피아니스트에게 물었다. 자신이 연주자로 성공할 가능성이 있냐고. 피아니스트는 잠깐 고민하다가 냉정하게 말했다.

"아니. 없어."

피아니스트는 사람이란 자신이 좋아하는 일과 잘 하는 일이 다른 경우가 많다고 생각했다. 그도 작곡을 하고 싶었지만, 그의 작곡 실력은 남 앞에 내세울만한 것이 아니었다. 언제나 자신 만의 곡에 대한 갈망이 있었지만, 피아니스트는 연주자로 자신의 위치를 한정지었다. 그녀도 마찬가지라고 생각했다. 피아니스트의 생각에 그녀가 잘할 수 있는 일은 그의 연인으로 곁에 있는 것이지, 피아노 연주가 아니었다. 그러나 피아니스트의 말을 들은 그녀는 다음날 싸늘한 시체로 발견됐다. 그는 충격을 받았다. 그녀가 자신보다 피아노를 더 사랑했다는 사실 때문이었다.

피아니스트에 대한 소문이 무성해진 것은 그 때부터였다. 피아니스트가 제자의 재능을 시기했다든가, 제자의 기법을 자기 것으로 했다든가, 심지어 제자의 연주를 가로채 자신의 음반에 실었다는 말까지 떠돌았다. 피아니스트는 묵묵히 사람들의 오해를 견뎌왔다. 하지만 이제 그는 쇠약해지고 있었다. 오랜 동안 콘서트도 열지 못할 정도였다. 죽기 전에 유언처럼이라도, 그녀를 향한 그의 진심을 청중들에게 전달하고 싶었다.

인터뷰는 이제 서서히 그녀에 관한 대목으로 접어들었다. 피아니스트는 눈을 꼭 감고 생각을 정리했다. 그리고 한숨을 깊게 내쉰 다음 느리고 가라앉은 어조로 그녀에 대한 이야기를 해나갔다. 감독의 표정이 차분해 졌고, 반평생 그의 곁을 지켜

왔던 비서의 표정은 슬퍼 보였다. 그 순간 피아니스트는 뭔가
잘못됐다는 생각이 들었다.

그날 밤, 피아니스트는 감독에게서 얻은 촬영본을 봤다. 역
시나 잘못되어 있었다. 그가 그녀의 죽음에 대해 너무 죄스러
워 하고 있는 것처럼 느껴졌다. 사실 피아니스트는 그녀의 죽
음이 안타깝기는 했지만, 그녀를 죽음으로 내몰았다고 생각하
지는 않았다. 그는 그저 냉정한 충고 한 마디를 해주었을 뿐이
었다. 그런데 이런 죄책감어린 표정을 세상 사람들이 본다면
자신이 그녀를 죽였다고 확신할 것만 같았다. 그것은 결코 피
아니스트가 원하는 바가 아니었다.

피아니스트는 감독을 불렀다. 그녀에 대한 인터뷰를 다시 하
겠다고 했다. 이번에는 조금 더 건조하고, 옛 추억을 떠올리는
듯한 말투로 이야기해나갔다. 감독의 얼굴에 미소가 떠올랐다.
비서 역시 마찬가지였다. 다들 피아니스트의 행복했던 한 때에
빠져든 듯했다. 하지만 이번에도 그는 뭔가 잘못됐다고 느꼈
다.

피아니스트는 다시 촬영본을 봤다. 연인의 죽음을 이야기하
면서 미소까지 짓고 있는 모습은 잔인해 보였다. 세상 사람들
이 욕했던 것처럼, 연인의 죽음이 오히려 기뻤던 듯 말하는 것
역시 자신의 진심이 아니었다.

피아니스트는 혼란스러웠다. 대체 어떻게 해야 진심을 전달
할 수 있을 것인가. 그는 감독을 불렀다. 그리고는 자신의 혼란

스러움을 털어놓았다. 감독은 피아니스트의 이야기를 듣다가 새로운 제안을 했다. 감독의 연출대로 피아니스트가 말해 보는 것은 어떻겠느냐고. 피아니스트는 때로 청중의 귀가 연주자보다 더 예민하다는 것을 경험적으로 알고 있던 터였다. 그는 그렇게 해보겠다고 했다.

세 번째 촬영에 들어갔다. 피아니스트는 감독의 지시대로 자신의 진심을 전달했다. 비서의 표정에는 웃음과 슬픔이 교차하고 있었다. 피아니스트는 이번에는 제대로다, 라고 느꼈다. 감독은 촬영본을 갖고 가 조금 손을 봐서 건네주겠다고 했다. 피아니스트는 흔쾌히 고개를 끄덕였다. 이틀 후에 감독이 건네준 영상을 본 피아니스트는 만족했다. 무엇보다 같이 봤던 비서가 감동 받은 눈치였다.

그녀에 대한 속 시원한 해명 탓인지, 피아니스트의 기분은 가벼워졌다. 기력까지 어느 정도 회복한 그는 콘서트를 개최하기로 했다. 무대에 서기 전 날, 피아니스트는 호텔 방 거울 앞에 서서 자신을 바라보았다. 그리고 청중 앞에 선 표정을 상상했다. 그때 비서가 지나가면서 말했다.

"저번에 다큐멘터리 찍으면서 지으셨던 표정 그대로네요? 감독님 연출이 마음에 드셨나봐요?"

"연출이라니?"

피아니스트의 표정이 굳었다. 비서는 움찔했다. 그는 불같이 화를 냈다.

"대체 무슨 소리야? 나는 진심을 말했을 뿐이야. 당신도 그
때 그 자리에 있었잖아!"

"미안해요. 저는 그저 감동을 받았을 뿐, 당신의 진심까지 생
각하지 못했어요."

비서는 그 말을 남기고 민망한 듯 총총 자리를 떴다. 피아니
스트는 비서가 사라진 빈 공간을 노려보았다. 몇 초 후 그는 다
리에 힘이 풀린 듯 자리에 주저앉았다. 불현듯, 감독은 자신의
이야기를 듣고 그저 해석을 했을 뿐이라는 생각이 들었다. 아
마도 옛사랑에 대한 진심은 영원히 그의 가슴 속에서만 머물게
될지도 모를 일이었다. 피아니스트는 한숨을 내쉬었다. 그러자
평생 긴장을 잃지 않았던 손가락이 축 늘어졌다. ✣

*『리흐테르』 서문 p14 중에서 대사 발췌 변형.

아찔하게 만드는 것. 그것만이 인생의 끝, 세계의 끝이구나

염승숙 _ 2005년 『현대문학』으로 등단. 소설집 『채플린, 채플린』 『노웨어 맨』 『그리고
남겨진 것들』, 장편소설 『어떤 나라는 너무 크다』. e-mail:thenovelof@gmail.com

스마트소설박인성문학상 후보작
염승숙

안개

몇 권의 책과 노트, 한 대의 데스크톱이 놓인 책상은 어지러웠으나 볼펜을 손에 쥔 의사의 태도만은 단정했다. 의사의 어깨 너머 통유리로 안개가 몰려오는 걸 보다가, 그는 한순간 눈이 멀어버린 사람처럼 어떤 기묘한 감각에 의지해 현재를 더듬어야 했다. 지루하고 상투적인 일상에 함몰돼 허우적거리던 그간의 나날들이 얼마나 무가치한 것이었던가를 곱씹어보게 됐고, 이 세계는 흐린 날씨로만 점철돼 있다는 걸 절감했다. 하늘이 보이지 않고·색이 있다면 분명 검을, 그런 바람이 부는 날. 울적한 얼굴이 당연하고, 당연해지는 날. 그런 얼굴엔 한 점의 빛도 어리지 않고, 그런 얼굴들이 가득한 잿빛 날씨가 계속된다. 내일도 여전히 날은 흐릴 것이다. 아마도 안개는, 우연이 아닐 것이다.

그는 어쩌면 인생에서 중요한 것이란 고작해야 날씨에 의해 좌우되는 인간의 심약한 서정성에 있는 게 아닐까 생각했다. 그리고 끝내, 결국 의식의 밑바닥에 정제된 찌꺼기처럼 남아 있는 것은 쓸쓸함이라는 걸 알아차렸다. 인생에서 누락된 무언가를 까맣게 잊고 지내다가 어느 날의 안개처럼 갑작스레 몰려와 눈앞을 흐리게 만드는 것. 아찔하게 만드는 것. 그것만이 인생의 끝, 세계의 끝이구나. 마주 앉은 의사의 말이 더는 들리지 않는 걸 느끼며 그는 손사래쳤다. 그러곤 일어나, 흔들리는 눈빛으로 병원 밖을 나섰다. 짙고 무거운 안개를 어깨 위에 얹고 걸었다. 갈증이 나서 견딜 수가 없었다. 쓰고 차가운 소주 한 잔, 그것만이 절박하고도 절실했다.

그가 어두운 푸른빛 천막을 헤치고 포차 안으로 들어섰을 땐 취기도 없이 정신이 몽롱했다. 어허, 위험해요, 따위의 말을 내뱉으며 한 무리의 젊은 치들이 포위하듯 킬킬 웃어대는 걸 들었다. 아무렴, 인생은 위험하지, 라며 그는 거듭 입술에 침을 바르듯 술잔을 들었다. 위험하지, 위험하다는 걸 모를 때가 정말로 위험하지, 배운 것 없어 모난 데도 없었던 내 아버지도 생전에 그렇게 말하곤 했어. 그는 양 팔로 갈비뼈를 감싸 안은 자세로, 등받이 없는 플라스틱 의자에 앉아 홀홀히 마셨다. 제 인생의 어느 구겨진 페이지에도, 펼쳐 들여다보면 저렇듯 별 것도 아니었던 시간들이, 개구리 알처럼 쏟아지는 시간들이 있다는 걸 그도 알았다. 어떻게, 벌써, 이마만큼이나 흘러 왔을까. 그는 새삼스레 고개를 갸웃거렸다.

정말 중요한 걸 찾으러 가야 해.

마실수록 맹렬히, 그런 생각만이 머릿속을 잠식했다. 인생에서 가장 중요하달만한 것을, 분명히 뭔가를 잊고 있는 것 같았고, 그 누락된 무엇을 찾아내는 것만이 구원의 표식처럼 여겨졌다. 술잔을 들이켜고, 들이켜다가, 그는 포차 밖으로 뛰쳐나와 구토했다. 쭈그리고 앉은 채로 고개를 드니 공기 중의 이 끈끈한 무언가가 한 덩이의 토사물로 뭉쳐져 둥둥 부유하는 듯 보였다. 안개는 번식하듯 증식하듯 더욱 짙고 무거워져, 두 다리를 펴고 일어나기도 힘에 부쳤다. 그는 코끝을 찌르는 물비린내에 감각만이 예민해져선 한참을 휘청거렸다. 머지않아 그것이 환멸이라는 걸 깨달았고, 그럼에도 불구하고 그것을 극복할 어떤 의지나 능력도 스스로 갖고 있지 않다는 걸 느꼈다.

바지춤에 넣어둔 전화가 울렸지만 손에서 자꾸만 미끄러졌다. 안개를 등짐처럼 지고 어쩔 줄 모르는 그를, 허둥대는 그를, 술에 한껏 취한 넥타이부대가 다가와 어이쿠, 휘감고 돌다가는 이내 멀어져갔다. 그는 한기에 몸을 떨며 무엇인가 반복해 중얼거렸다. 내일. 내일이라고 말하는 것 같았다. ✣

이 사람은 누구일까. 수 백 년 전 내가 사모했던 스님인가

이목연 _ 원주 출생. 1998년 『한국소설』에 「악어새의 외출」로 신인상으로 등단. 단편집 『로메슈제의 향기』 『꽁치를 굽는다』 『맨발』, 공저 우주항공과학소설 『프라이, 날다』, 2010년 중국6대기서 시리즈 『서유기』 편저. 김유정 소설문학상, 인천문학상, 한국소설작가상 수상. e-mail:topnvmy@hanmail.net

스마트소설박인성문학상 후보작
이목연

모퉁이 시간

원피스의 지퍼를 내렸다. 속옷을 벗는 손끝이 떨렸다.

캔버스 앞에 앉은 백발 화가의 눈빛은 무심했다. 그 눈빛이 나 홀로 외틀던 몸짓을 부끄럽게 했다.

화실 가운데 펼쳐진 멍석 위, 벌거벗은 채 그가 원하는 대로 쪼그려 앉았다. 두툼한 아랫배가 허벅지와 가슴 사이에 짓눌렸다. 그는 지구를 떠받들 듯 허리를 펴고 두 팔을 들어 올리라고 했다.

타닥타닥 벽난로의 나무 타는 소리가 따뜻했다. 곧 눈을 뿌릴 것 같은 잿빛 하늘이 창 앞으로 다가들었다. 문득 눈앞이 아득해지며 기시감이 몰려왔다. 언젠가도 이랬던 적이 있었던 것 같다.

"좋아요. 잠깐만 움직이지 말고 그대로 있어요."

노 화가의 목소리 위로 또 다른 소리가 겹쳐진다.

"이 아이의 벗은 몸을 그렸으면 하오."

스님의 말을 들은 공양간 어미는 안절부절 못했다. 하지만 열여섯 나는 망설이지 않았다. 코흘리개 시절부터 마음에 품고 있던 스님이었다. 그림 삼매경에 빠진 스님을 보고 있노라면 스님의 화첩 속에서 살아나는 비천상들이 그리 부러울 수가 없었다. 스님의 화첩 속에 들어가서라도 그리 요염할 수 있다면, 그래서 스님을 가까이 할 수 있다면 무슨 짓이라도 할 수 있을 것 같았다.

"이제부터 너는 요사채 사노가 아니라 관음보살의 현신이다."

삼천 배를 마치고 온 내 앞에서 가사 장삼을 갖춰 입은 스님이 삼배를 했다.

"이제 벗으시지요."

스님의 목소리가 평소보다 높았다. 법당 쪽에서 자박자박 들려오던 발소리가 멈추었다. 밤마다 절을 마치고 나오는 길상의 발소리였다. 등잔을 밝힌 스님 방, 어른거리는 두 개의 그림자에 호기심이 일었을지도 모른다. 빠끔히 열린 문 틈새로 봄밤 별빛이 흘렀다. 그 빛 속에 길상의 눈빛도 섞여 있다는 것을 알았다.

"양팔을 들어 하늘을 받치는 형상을 취하십시오. 이로써 대웅전으로 드는 모든 악귀와 화마를 막을까 합니다."

스님의 화첩 속 비천상의 모습을 흉내 냈다. 한껏 요염한 자태로 가슴을 내밀었다. 어깨에 걸치고 있던 속치마가 스르르 흘러내렸다. 스님은 아랑곳 하지 않았다.

"이제 왼팔을 들어주십시오. 그 가피력으로 북방을 수호하고 문수보살님을 호위할 것입니다."

스님은 진정 나를 관음보살처럼 대했다. 나 역시 남해의 물을 길어다 화마를 잡는 관음보살이 되었다. 동서남북 네 방위의 잡귀를 막는 호신상이 되어 스님이 머무는 이곳에 다시는 화마가 얼씬도 못하게 할 작정이었다.

봄밤은 짧았다. 별빛이 사윌 무렵 스님 방을 나섰다. 내 등 뒤로 길상의 날선 눈빛이 따라왔다.

스님은 길상에게 화첩을 건넸다. 그 모습으로 대웅전 처마 밑 보살을 만들라 했다. 화첩 속에 있는 내 모습은 요염하지 않았다. 알몸이었지만 옷을 걸친 그 어떤 비천상들보다 경건해 보였다. 하지만 길상의 눈은 증오로 이글거렸다. 투레질을 하는 소처럼 그의 손끝에서 나뭇조각이 튀어나갔다. 그의 손에 나는 음심 가득한 여인이 되었다.

백발의 화백을 처음 만난 것은 삼 년쯤 전이었다. 제자들과 함께 스케치 여행을 왔다고 했다. 그의 눈길이 나를 따라다녔다.

"우리 처음 보는 거 맞죠? 그런데 아주 친숙한 사람 같아요."

차를 내려놓는 내게 그가 말했다. 젊은 학생들이 손뼉을 치며 아후, 야유를 했다.

그 후 그는 잊을만하면 찾아와 차를 마시고 갔다. 그러던 그가 어렵게 입을 뗐다. 전등사 처마 밑에 있는 나부상을 재현하고 싶단다. 그 그림의 모델이 되어 달라고 했다. 젊지도 아름답지도 않은 나였다. 그래도 꼭 나였으면 좋겠다는 노 화백의 눈빛이 진지했다. 누군가에게 꼭 필요하다는 말을 들어본 적이 언제였던가. 청을 거절하지 못했다.

"이제 몸을 돌려 오른 팔을 좀 들어주겠소?"

이 사람은 누구일까. 수 백 년 전 내가 사모했던 스님인가, 나를 사랑한 길상일까.

그가 원하는 대로 오른쪽 팔을 들어 올린다. 스님의 화첩 속 비천상처럼 손끝을 뻗어 동편으로 들어오려는 잡귀를 내몬다. 창 밖에는 백화가 펄펄 날리고 있다. 오래 전 별빛이 흩날리듯 손끝 저 너머로 눈꽃이 날린다.

금방이라도 잡힐 것 같은 오래된 시간이 또 한 생의 모퉁이를 돌고 있다. ☀

강물아 흘러흘러 어디로 가니 넓은 세상 보고 싶어 바다로 간다

이보라 _ 1997년 『현대문학』 신인상에 단편소설이 추천되어 등단. 2014년 『불교신문』
신춘문예 소설부문 당선. 저서 소설집 『내가 아는 당신』 『바깥에서』. 아포리즘집 『삶
의 모퉁이를 돌때마다』, 장편소설 『사람꽃 연화 』 등. e-mail:sophytory@naver.com

통일문학상 수상 소감문

북쪽방엔 좀체 볕이 들지 않았습니다. 날마다 온몸에 버짐이 피었습니다. 햇볕이 비켜가는 대로 방안에 온기도 없었습니다. 내 이마에선 한 계절에도 수차례 열이 끓었습니다. 엄마는 노동을 마치는 대로 부리나케 자전거를 몰며 돌아왔습니다. 그리고 꽃밭 같은 손으로 내 버짐투성이 얼굴을 쓸어내리며 중얼거렸습니다. 남쪽방에 살고 싶구나.

못 견디게 시릴 때 나는 황구의 체온에 기댔습니다. 개의 따뜻한 몸을 당겨와, 가느다란 팔다리로 사력을 다해 끌어안았습니다. 그러면 황구가 기다란 혓바닥으로 열꽃 피는 내 뺨을 줄기차게 핥았습니다. 혼자 앓다 까무룩 정신을 잃으려다가도, 나는 그 차갑고 까칠한 느낌에 눈을 뜨곤 했습니다.

달래야, 애 진달래! 황구가 설령 그렇게 말문이 트여 내 이름을 불러준다 해도, 바깥에 흐르는 저 강가에 피는 들꽃 한 송이도 나는 될 수 없을 것만 같았습니다. 기차 지나가는 소리가 한 달에 다섯 번쯤 요란하게 들렸습니다. 그럴 때 잠시잠깐 끊어졌을 뿐, 내가 늘 듣는 것은 강물 흐르는 소리였습니다. 그 물가에 춤추는 버드나무와 미루나무, 보드라운 부들의 잎줄기, 동글동글한 조약돌까지 사이좋게 모여 사는 풍경을 나는 누워서 천정에 그렸습니다.

"달래야, 두만강 푸른 물이란 말은 노래 가사에나 나오는 옛날이야기란다. 우리 무산철광하고 중국 펄프공장에서 경쟁이라도 하듯 강으로 폐수를 흘리는구나." 그래서 이제는 폭탄이라도 맞은 양 부글부글 거품이 일어나는 그 강물을 엄마는 두 번 건넜습니다. 처음에 그녀는 두만강 건너 탈북이란 엄두도 내지 못했습니다.

천성(天性)이 푸른 물에 노 젓는 뱃사공 같았다는 내 아버지의 직업이 실제론 그 강을 홀로 지키는 군인이었다고 합니다. 강가에 총성이 요란했던 어느 날밤, 그 강을 건너지 마오 미친 듯이 소리치다 아버지는 홀연히 사라졌습니다. 다음날 엄마가 강가에서 발견한 그의 총은 안전장치도 풀지 않은 상태였다 합니다. 그날부터 우리 모녀는 아버지가 사라진 강을 보며 살았습니다.

그러나 밥과 약을 사기 위해 엄마는 돈이 필요했습니다. 가족 같은 황구라도 팔러 연변을 다녀와야겠다고 그녀는 마음먹었습니다.

엄마는 개 꼬리를 똬리 삼아 황구를 보퉁이처럼 머리에 이었습니다. 그리고 강을 건너기 시작했습니다. 물은 아랫도리를 적실 뿐 두려울 만큼 깊지 않았습니다. 하지만 어디서 총알이 날아올지 몰라 그녀는 턱을 떨며 조심히 강바닥을 더듬었습니다. 그러다 발목이 접질려 몸에 중심을 잃었습니다. 엄마는 이고 있던 황구를 그만 놓쳐버렸고 강물 속으로 잠수하게 되었습니다.

수면 위로 떠오르면 비명을 지를 것만 같아, 숨을 틀어막는 물살이 오히려 고마웠습니다. 그녀는 시커멓고 고요한 물속에서도 끊이지 않는 어떤 소리를 들었습니다. 그것은 고열이 끓는 어린 딸의 신음이었습니다. 다행히 엄마 손에 황구 꼬리가 잡혔습니다. 개는 물살을 가르며 침착하게 헤엄쳤고 두만강을 다 건넜습니다.

그녀는 생명의 은인 같은 황구를 끌어안고 소리 죽여 울었지만 누군가의 손에 개를 넘기고 말았습니다. 돈을 마련한 덕분에 밥과 약으로 어린 딸의 건강은 어느 정도 회복되었습니다. 그러나 엄마는 하루하루 고단하게 살아가다, 문득 강물을 떠올리기만 해도 입 속이 비렸습니다. 황구는 지금쯤 연변 어느 집 마당에서 짖고 있는지 아니면 진작 밥상에 탕으로 올라 누군가에게 먹혔을지, 개의 생사를 가늠할 수 없었습니다.

밥과 약이 떨어지자 다시 나는 북쪽방에 누워 지내야 했습니다. 흐르는 강물 소리를 들으려 습관처럼 귀 기울이다 나는 두 눈을 꼭 감아버렸습니다. 그래야 황구의 따뜻한 체온과 차갑고 까칠했던 혓바닥의 감각이 기억 속에 생명처럼 부활했기 때문입니다. 밤이면 귀 막아도 강물 소리가 더 크게 들렸습니다. 누군가 목이 메어 우는 듯 말입니다. 기어이 남쪽방에 살고 싶구나.

마침내 엄마는 병약한 어린 딸을 목말 태웠습니다. 사위는 캄캄했지만 아이의 두 다리를 꼭 잡고, 처음보다 익숙하게 두만강 바닥을 더듬었습니다. 얼마나 허우적거리며 물길을 걸었을까, 그녀 눈앞에 희끄무레 황구가 보였습니다. "아아, 우리하고 같이 가자 황구야!" 비렸던 입 속에서 탄식이 터져 나오는 순간 딸아이의 조그만 두 손이 그녀의 입을 막았습니다. 저만치 앞장서 헤엄쳐 가는 개도 숨소리 하나 내지 않았습니다.

강물아 흘러흘러 어디로 가니 넓은 세상 보고 싶어 바다로 간다. 그렇게 우리 모녀는 물살을 따라 강을 다 건넜습니다. 아마 황구까지 셋이라 가능했을 겁니다. 그러나 정신 차리고 보니, 개는 사라지고 없었습니다.

오늘 수상(受賞)한 것은 나의 작품이 아닙니다. 어느 개의 보잘 것 없어 턱없고 부질없을지 모를 목숨 값 같은 것입니다. 어제 황구에게 빚진 그 값을 치르려 이 순간도 나는 강을 건너는 중입니다. 삶은 바로 무수한 죽음의 경험이라 여기며, 나 진달래의 글쓰기도 다름 아닌 그것입니다. 어느 목숨에 빚지며 당신은 살아가고 계십니까. ✽

하늘빛이 점점 투명해져 고개를 잦히고 아무 욕심 없이 양손의 검지와 가운뎃손가락으로 사가사각 빛을 오렸나

임수현 _ 1976년 경남 하동에서 태어나 2008년 『문학수첩』 신인상에 「앤의 미래」가 당선해 작품 활동을 시작했다. 소설집 『이빨을 뽑으면 결혼하겠다고 말하세요』, 장편소설 『태풍소년』이 있다.

스마트소설박인성문학상 후보작
임수현

오늘 대강의 빛

빛을 오려 무심코 방에 걸어놓았는데 그걸 탐낼 사람이 있을까 싶었다.

창이 없어 매일이 날씨와 무관하고 동서남북 어떤 기준도 없어 자고 싶으면 자고 먹고 싶으면 먹고 그렇게 그늘만 시늉하고 살았는데, 사람들은 용케 빛이란 걸, 사월 봄빛이란 걸 알아보았다. 어찌 알고 한 번도 눈길 주지 않던 방을 보게 된 것인지, 처음 가진 빛이지만 들킬 빛도 아닌데 갸웃했다.

빛을 오릴 때 훔쳐봤나. 동틀 무렵 너무 오래 누워 지냈는지 집이 기운 것처럼 갑갑해 지하방을 벗어나 보랏빛 어스름을 오래오래 바라보았다. 하늘빛이 점점 투명해져 고개를 잦히고 아무 욕심 없이 양손의 검지와 가운뎃손가락으로 사가사각 빛을 오렸다. 빨래를 걷듯 아래팔에 걸고 방으로 돌아와 그 빛을 걸었다. 못이나 압정으로 박지 않아도 빛은 벽과 모서리에 스몄고, 불을 켜지 않았는데도 방은 아침이 되었다.

그때 누군가 노크했다. 손바닥만한 문을 열고 내다보자 그 빛, 그 빛 좀 팔 수 없어요, 하고 물었다. 거저 얻은 것이었기에 귀퉁이를 잘라 건네려고 하자 그는 거기 말고 저기, 오전 여덟 시 오십 분쯤의 빛, 이라고 요구했다. 거기가 어디쯤인지 헷갈려 머뭇거리는데 그는 실례한단 말도 않고 방으로 들어와 빛 한 귀퉁이를 오려갔다. 그가 오려낸 빛은 기울어진 배의 모양을 하고 있었다. 아무래도 그 빛이 사라진 자리만 또 그늘인 게 미워 아무래도 다시 채워야겠다 싶어 바깥으로 나갔다.

빛을 오린 자리에 교복차림의 계집아이 하나가 찢긴 빛의 이빨로 머리카락을 오래오래 빗고 있었다. 그 고운 머리카락을 보곤 뒤에서 끌어안고 싶겠구나, 시샘하는데 걘 그 빛의 빗을 흘리고 그냥 가버렸다. 그걸 주워보려고 걸어가는데 누가 먼저 발견하곤 쪼그려 앉았다. 어떡하지, 갈등하는 기척에 그가 오늘 처음 빛이죠, 어쩐지 낯이 익었어요, 하면서 가늠하더니 좀 모자란데, 아쉬워했다. 새싹인가 들여다보는 옆모습이 고운 그를 그냥 보내기 싫어 방에 조금 조금 더 있어요, 하고 바닷속처럼 어둑어둑한 계단을 가리켰다. 어쩐지 나눠주고 싶었고, 빛의 쓸모가 궁금했다. 그는 정말 한 줌의 빛만 요구했고, 값을 치르려고 했으나 그 마음이 옆모습만큼 고와 사양했다. 한 번 더 권해주길 기대했지만 그건 돈의 아쉬움보단 그냥 헤어지기 싫은 거였다.

그를 마중하고 돌아오자 누가 방에 들어와 남은 빛들을 걷고 있었다. 도둑이야, 하고 고함을 지르자 그는 되레 놀란 얼굴로 덜컥 눈물을 쏟았다. 자기는 저 고갯마루 집에 살고 있다고, 이곳에 살던 사람이 있었다고, 빛이 스며 나오기에 그가 돌아온 줄 알았다고, 아침부터 손나팔로 불러봤지만 아무 대답이 없어 직접 찾아와봤다고, 아무리 찾아봐도 숨바꼭질하듯 그의 흔적을 찾을 수 없어 빛을 걷어보는 거라고, 그 절박한 마음 앞에서 차마 빛의 주인이라고 주장할 수 없었다.

세 개의 빛을 그렇게 나누고 나자 방은 다시 밤으로 돌아왔다. 비로소 마음이 편안해졌고, 허기를 달래기 위해 감자와 양파를 벗겼다. 단단해지고 싶고 매워지고 싶었다. 빛 없이도 무럭무럭 자라는 구근처럼 나는 사랑하는 빛. 가난한 빛. 흘린 빛. 놓친 빛…… 빛과 빗, 비로도 발음할 수 있는 그 모든 빛이 돌아간 한낮의 밤에서 눈을 감았다. 오늘, 그들의 빛이 어느 시간에 놓일지, 그 대강의 빛들이 꿈처럼 스미는 순간이었다. ✤

감히 신의 얼굴을 마주 볼 용기가 나지 않아 바닥에 엎드려 절했다

조수경 _ 2013년 『서울신문』 신춘문예 「젤리피시」 당선.
e-mail：adele.cho@hanmail.net

스마트소설박인성문학상 후보작
조수경

신의 아이

　까잘은 눈을 크게 떴다. 길고 짙은 속눈썹 아래로 헤이즐넛
빛 눈동자가 온전히 드러났다. 경외심으로 빛나는 눈동자는 한
곳에 고정되어 있었는데, 그곳에 모여 있는 사람들 역시 마찬
가지였다. 그들은 모두 아이를 보고 있었다. 과연 소문처럼 아
이는 신(神)의 모습을 하고 있었다.

　소문을 들었을 때, 까잘은 하던 일을 제쳐두고 아이가 태어
났다는 동네로 향했다. 신의 아이를 보면 소원이 이루어진다고
했다. 까잘은 맨발로 한 시간을 넘게 걸어왔지만, 몰려든 사람
이 워낙 많아 아이를 볼 수는 없었다. 대신 방송국에서 온 차들
을 구경할 수 있었다. 이 가난한 동네에 방송국 사람들이 찾아
온 건 처음이었다. 강도가 들고, 살인사건이 일어나도 뉴스에
나오기는커녕 신문에 한 줄 실리지 않는 지역이었던 것이다.
다음날, 까잘은 바구니를 머리에 이고 집을 나섰다. 역시 인파

때문에 아이를 볼 수는 없었지만, 바구니에 담아온 꽃장식을 전부 팔 수 있었다. 아이에게 바치려고 사람들은 앞다투어 꽃을 사갔다. 그 다음날에도 까잘은 아이를 보지 못했지만 돈을 벌수는 있었다. 그렇게 몇 번의 걸음 끝에 드디어 오늘 아이를 보게 된 것이었다.

곤히 잠든 아이의 얼굴은 보통 아이의 그것보다 커다랬다. 넓적한 얼굴 한가운데 코끼리처럼 커다란 코가 우뚝 솟아 있었고, 짧고 굵은 목 아래로 팔과 다리가 각각 네 개씩 달려 있었다. 사람들은 아이를 가네샤의 현신이라고 칭송했다. 한 노파는 꼬박 나흘을 걸어왔다며 아이의 발에 입을 맞췄다. 어느 귀부인은 손목에서 팔찌를 빼 아이의 팔에 하나씩 끼워주었다. 그건 까잘이 평생 꽃을 팔아도 살 수 없을 만큼 비싼 장신구였다. 아기 침대(누군가 선물한 것이었다) 뒤로 각지에서 들고 온 귀한 물건이 잔뜩 쌓여 있었다. 드디어 경배할 차례가 됐을 때, 까잘은 정성껏 꽃을 바쳤다. 감히 신의 얼굴을 마주 볼 용기가 나지 않아 바닥에 엎드려 절했다.

까잘은 기도하듯 두 손을 모아 쥔 채 집으로 향했다. 살아있는 동안 가네샤의 현신을 만나다니…… 신의 아이와 마주 한 순간이 자꾸 떠올라 도무지 마음이 진정되지 않았다.

까잘의 아이들은 벌써 잠이 들어 있었다. 디아(소원을 빌 때 쓰는 꽃으로 장식한 초)를 다 팔았는지, 샤르띠의 바구니는 텅 비어 있었다. 올해 여섯 살인 샤르띠는 매일 동생 락슈미를 업고 강

가에 나가 디아를 팔거나 관광객과 함께 사진을 찍고 돈을 받
았다. 까잘은 아이들 곁에 앉았다. 자신이 얻어온 행운을 나눠
주려는 듯 아이들의 얼굴을 어루만졌다. 비쩍 마른 팔과 다리
를 쓰다듬다가 비로소 마음이 가라앉는 것을 느꼈다. 아이들의
건강한 두 팔과 두 다리를 보며 까잘은 신에게 감사 기도를 드
렸다. ✶

그러나 나는 더 이상 뛰지 않는다

주희 _ 2003년 제6회 창비신인소설상 수상. e-mail:chaos-0@hanmail.net

주인을 찾습니다

흔들리는 버스 안에서 아랫배에 힘을 주고 중심을 잡으려고 애를 쓴다. 앞좌석 손잡이를 꽉 잡고 흔들리지 않으려고 애를 쓰지만 좌우로 바뀌는 원심력에 끌려다닌다. 이번엔 꼭 합격해서 보란 듯 한턱 쏘겠어. 지난 달 입사한 친구 K가 불러낸 자리에서 백수 생활에 전전긍긍하는 세 명의 친구들과 함께 먹었던 팔보채가 주책없이 맛있었다. K의 거만하고 장황한 입사스토리를 들으면서도 고량주가 입에 달았다. 아랫배가 묵직해지면서 불덩이를 안은 것처럼 뜨겁다. 허벅지에 힘을 주고 의자 깊숙이 몸을 붙인다. 배가 살살 아프면서 방귀가 기포처럼 장 속으로 역류한다. 혹여나 방귀가 바깥으로 새어나갈까 엉덩이에 힘을 더 준다. 뱃속은 소나기가 내리기 전 하늘처럼 요동을 친다. 현제 시간 8시 20분, 면접시간 9시 30분. T사까지는 아직 20분을 더 가야 한다. 그러나 뱃속 요동의 기세로 보아 더 이상

버티지 못하고 곧 쏟아질 것만 같다. 나는 반사적으로 벨을 누르고 내린다.

'자연친화 행복도시'라는 슬로건을 내건 Y시는 공원으로만 이루어진 도시 같다. 도로 양 옆 가로수길 너머로 공원이 끝없이 펼쳐져 있다. Y시가 외곽에 위치한 탓인지, 아직 시내로 진입하지 않은 탓인지 출근시간인데도 거리는 한산하다. 덕분에 아침 공기가 상쾌하게 느껴진다. 마치 조깅을 나온 사람처럼 여유로운 느낌마저 들지만, 나는 볼일이 급한 취업생일 뿐이다. 조깅을 하듯 공원을 향해 뛴다. 공원은 넓고 깨끗하다. 공원을 둘러보았으나 화장실처럼 보이는 건물은 보이지 않는다. 건물뿐만 아니라 벤치도 쓰레기통도 보이지 않는다. 잔디밭만 횅뎅그렁하게 펼쳐져 있다. 나는 좀 더 빠르게 공원을 돈다. 같은 모양의 공원이 하나씩 자꾸만 나타난다. 마치 테세우스의 미로를 헤매는 기분이다. 8시 45분, 초조해지기 시작할 무렵 건물이 보인다.

"어서 오세요, 반갑습니다." 통통 튀는 귀여운 목소리의 안내원이 정장 차림의 나를 보더니 금세 의아하다는 표정을 짓는다. 나는 버스에서 반사적으로 벨을 누르듯 묻는다. "화장실이 어디죠?" "죄송합니다만 이곳엔 화장실이 없습니다. 여긴 개들을 위한 공원이니까요." 건물 안에는 사람을 위한 어떤 물건도 없다. 개를 위한 군것질거리, 개 액세서리, 개 장난감, 개 비상약. "이곳은 Y시에서 최초로 시행하는 애완견과 함께 하는 행복 만들기' 프로젝트로 조성되었으며 애완견의 편의를 위해 최고의 서비스를 제공하는 공원입니다." 안내원은 균일한 톤을 유지하며 정확한 발음과 청명한 목소리로 설명한다. 가만히 보니 안내원의 커다랗고 말똥말똥 치켜뜬 눈은 스피츠를, 통통한 볼과 넓적한 코는 시추를 닮았고 포메라니안처럼 웃은 입모양에 말티즈처럼 긴 머리털을 갖고 있다. "개는 항상 사람을 행복하게 만들어 주죠. 재롱을 피워 즐거움을 주고 외로운 사람에겐 위로가 되어주고, 안타깝지만 화풀이 대상이 되기도 하고요. 사람의 감정기복을 말없이 받아주며 그들의 행복을 위해 기꺼이 희생하죠. 이곳에서만큼은 개에게도 행복과 자유를 누리게 해주자는 게 이 공원조성의 취지입니다. 그래서 사람을 위한 시설은 모두 없앴죠. 사람이 쉬기 위해 의자가 필요한 것이지, 개에겐 필요 없죠. 그래서 이 공원에는 벤치가 없답니다. 개가 잔디밭에 엎드려 쉴 때 사람은 쪼그려 앉아 기다려야하죠. 호호호." 흡사 개가 웃는 것 같다. "화장실 또한 불필요하죠. 집안에서 배변훈련을 해온 개를 위해 이곳에서만큼은 자유롭게 배변을 할 수 있게 해주었죠. 대신 사람은 화장실에 급한 볼일이 있다 해도 참아야 하죠. 사람은 애완견에게 항상 기다려! 라고 명령하고 말을 잘 들으면 대견해하잖아요? 사람 역시 기다리고 참을 줄 알아야합니다. 다시 말하자면 이곳은 정말 순수하게 개를 위한 공간인 셈이죠." 안내원이 자랑스럽게 말한다. 그렇다면 직원용 화장실이라도 쓰면 안 될까요? 라고 묻

고 싶다. 일반 사람을 위한 화장실은 없더라도 하루 종일 이곳
에서 일하는 직원을 위한 화장실은 있을 것 아닌가. 우리 회사
가 왜 당신을 뽑아야 하지요? 지난번 면접시험 때 면접관이 물
었다. 나는 잠시 머뭇거렸다. 그리고 나는 취업에 성공한 지인
들의 충고를 받아들여 스펙을 늘어놓으며 잘난 척하지 않고 겸
손하고 간결하게 말했다. 제겐 직장이 필요하니까요. 그러나
안내원이 왜 직원용 화장실을 이용해야 하죠? 라고 묻는다면,
나는 지금 당장 쌀 것 같아서요! 라고는 결코 말할 수 없다. 그
렇게 말한다면 지난번 면접시험처럼 거절당할 것이 뻔하다. 그
렇다면, 저는 21번의 면접시험에 실패했고 22번째 면접을 보
기 위해 P시에서 두 시간 반이나 걸려 난생 처음 Y시까지 왔
죠. 오는 길에 운전기사가 난폭하게 운전했고 긴장한 나의 장
이 크게 놀라 갑자기 변의가 생겼고, 급하게 버스에서 내려 화
장실을 찾아왔는데, 하필이면 이곳은 개 공원이고…… 라고
까지 설명해야만 하는 것인지 고민하지 않을 수 없다. "애완견
이 집안에서 주인을 위해 충성과 의무를 다했다면, 이곳에서는
개의 권리만을 보장해주자는 거지요. 한마디로 말하자면, 사람
은 권리를 포기해야하는 거죠. 지금은 아침 산책을 마친 시간
이라 한산하지만 11시쯤 되면 다시 점심 산책을 나오는 개들이
많을 거예요. 참, 그런데 이곳엔 왜 오신 거죠? 공원을 개장한
지 얼마 되지 않아 아직은 시스템이 잘 갖춰지지 않았지만, 앞
으로는 애완견 동반 없이는 공원출입이 제한된답니다."

나는 돌아서 나온다. 안내원의 개 이야기를 듣는 동안 다행히 뱃속의 요동은 잠잠해졌지만 아랫배의 묵직함은 여전하다. 9시 5분. 지금 당장 정류장으로 뛰어가 버스를 타야만 면접시간에 늦지 않을 것이다. 나는 다시 미로 같은 공원을 뛰어야만 한다. 개 같은 안내원에게 정류장이 어디인지 물어보지 못한 걸 후회하며 같은 길을 계속 뛴다. 아랫배는 사타구니를 지나 점점 무릎 아래로 내려오는 것 같다. 숨을 고르며 잠시 멈추어 서자 게시판이 보인다. 주변 안내도인가 싶어 다가간다. 게시문에는 '공원에 자발적으로 들어 온 개의 주인을 찾습니다'라고 쓰여 있다.

이름: 럭키준 (수컷)

나이: 3년 5개월

성격: 온순하고 친화력이 좋으며 느긋하고 대범함

특징: 흑색으로 보이나 갈색과 회색 털이 섞여있음, 잘 때 코를 곪

이름: 시진 (암컷)

나이: 1년 7개월

성격: 활발하나 새침하여 다른 개들과 잘 어울리지 못함

특징: 개보다 사람을 잘 따르며 목청이 좋고 껌을 좋아함, 변을 잘 가리고 산책을 좋아함

주인이 잃어버린 개를 찾는 것이 아니라, 주인을 잃은 개가 주인을 찾는 게시물이다. 나는 '자발적'이라는 말에 크게 공감

하지 않는다. 개가 자발적이었다면 주인을 찾지 않는 것이 옳다. 주인을 찾는 것은 개의 생존일 뿐이다. 나는 개들의 게시물 옆에 또 하나의 게시물을 본다.

이름: J. 제이 (수컷)

나이: 29년 9개월

성격: 소심하나 끈기가 있고 참을성이 많음, 도전정신이 투철함

특징: 괄약근의 힘이 강하나 중심을 잘 잡지 못함, 팔보채와 고량주를 좋아함. 23번째 면접 준비 중

공원의 출구는 어디쯤인지 여전히 가늠할 수 없다. 그러나 나는 더 이상 뛰지 않는다. 마치 산책하듯 천천히 잔디 위를 걷는다. 그리고 하얗게 말라버린 개똥을 피해 자리를 잡는다. 똥을 눈다. 뜨끈하고 말랑말랑한 똥. 지금쯤 면접이 시작되었을 것이고, 곧 내 차례일 것이다. ✶

아가씨의 손등에서 장미꽃 같은 홍반점을 본 것은 그때였다. 어릴 적 집 앞 풀밭에
버린 실뱀 생각이 났다

서기향 _ 중앙대학교 예술대학원 문창과 수료. 생태 다큐 작가로 활동 중. 2001년 월
간 『조선문학』 단편소설 「진실」로 데뷔. 저서 창작집 『벽난로가 있는 실내 풍경』, 장
편소설 『적도의 새』, 본격탐조소설 『새들은 모래를 삼킨다』 외 다수. 현재 가든파이
브 NC 백화점 문화센터〔문학 솔루션〕 강사.

화사花蛇 혹은 그 남자의 첫사랑

"이거 너 줄까?"

수업을 마치고 집으로 돌아가는 길에 같은 학교에 다니는 여자아이가 비닐봉지를 내밀었다.

"저기 사람들이 고기 잡는데서 내가 잡은 거야. 집에 가져가 봐야 엄마에게 혼만 나니까 내 대신 네가 키워 줄래?"

남자아이는 비닐봉지를 건네주는 여자아이의 손등에 장미꽃처럼 생긴 홍반점이 있는 것을 보았다. 남자아이의 시선이 부끄러운 듯 여자아이는 손을 얼른 등 뒤로 감췄다.

"우리 엄마가 혈관종이래."

여자아이는 먼저 뛰어가 버렸다.

집으로 온 남자아이는 손가락만한 길이에 전선줄처럼 얇은 새끼 미꾸라지 한 마리를 병에 옮겨 담았다. 남자아이는 새끼 미꾸라지가 어서 크기를 바라면서 날마다 잊지 않고 먹이를 주었다.

"미꾸라지 잘 크니?"

여자아이는 남자아이를 만날 때마다 물어보았다.

그날도 남자아이는 학교에서 돌아오자마자 유리병 안에 들어 있는 미꾸라지부터 살펴보았다. 그런데 이게 어떻게 된 일일까? 병 속에 있어야 할 미꾸라지 대신 빨간 점이 콕콕 박혀 있는 실뱀 한 마리가 똬리를 틀고 앉아 갈라진 두 개의 혀로 날름대며 남자를 빤히 쳐다보았다. 온 몸이 후들후들 떨렸다. 진땀을 흘리면서 실뱀이 들어 있는 병을 들고 대문 밖으로 나갔다. 집 근처 공터 풀 속에 실뱀을 쏟아버렸다. 명아주 풀과 강아지풀 속에 떨어진 실뱀은 똬리를 틀고 있던 몸을 일자로 펴고 꿈틀거리더니 눈앞에서 사라져버렸다. 남자아이는 풀 속 어디론가 사라진 실뱀이 금방이라도 커다란 꽃뱀으로 자라 풀 속에서 툭 튀어나올 것만 같았다. 걸음아 나 살려라 정신없이 뛰어서 집으로 들어오는 동안에도 등 뒤에서 커다랗게 자란 꽃뱀이 쫓아와 발뒤꿈치를 물어버릴 것 같은 공포감이 엄습했다. 그날 이후 남자아이는 그 공터를 지날 때마다 꽃뱀이 나타나 물어버릴 것 같은 공포와 싸웠다.

그해 가을 남자아이의 가족은 서울로 이사를 하고 20년이 지났다. 남자가 살았던 동네에 신도시가 들어선 지 오래되었다. 어쩌다 그곳 신도시 근처를 지날 때면 여자아이 생각이 났다.

남자의 초등학교 친구 하나가 얼마 전 그 신도시로 이사를 했다. 친구는 남자와 초등학교 동창 몇 명을 집들이라는 명분으로 초대했다. 남자는 오랜만에 만난 초등학교 동창들과 술을 마셨다. 1차, 2차를 거쳐 3차로 노래방까지 갔다. 고향이란 단어에서 느껴지는 심리적 안정감이 해방감까지 부추겨 남자는 전에 없이 너무 취해버렸다.

인사불성이 된 남자를 모텔로 데리고 간 사람은 노래방 업주가 임의로 부른 아가씨였다. 남자가 침대에 나동그라지듯 눕자 아가씨가 옷을 벗었다. 남자가 알몸이 된 아가씨의 손등에서 장미꽃 같은 홍반점을 본 것은 그때였다. 어릴 적 집 앞 풀밭에 버린 실뱀 생각이 났다. 남자의 눈에는 조도 낮은 붉은 조명등 아래 서 있는 여자가 수풀 속에서 기어 나온 꽃뱀처럼 보였다. 실뱀을 풀 속에 버리고 죽어라 도망쳤던 그때처럼 이 방에서 도망쳐야 한다고 생각했다. 하지만 남자가 미처 도망칠 겨를도 없이 꽃뱀이 온몸을 휘감더니 가슴을 콱 물어버렸다. 독이 남자의 몸에 퍼지면서 정신을 잃고 말았다. ⚘

스마트소설
박인성
문학상

2016년 봄 후보작

어디선가 새소리가 들렸다. 말과 글이 통하지 않는 새를 원망할 수는 없겠지

고은규 _ 서울 종로 출생. 2007년 계간 『문학수첩』으로 등단. 2010년 제2회 중앙장편 문학상 수상. 저서로 『트렁커』 『데스케어 주식회사』 『알바 패밀리』 등이 있음.
e-mail：qeo@hanmail.net

야간 근무자들

베이비시터가 된 지 한 달이 돼간다. 친척 어른 소개로 맡게 된 일이었다. 아이의 부모는 저녁 6시에 출근해서 다음 날 8시에 귀가한다. 나는 그들이 출근하는 시간인 밤 6시부터 다음 날 오전 8시까지 총 14시간 가량 아이를 돌봐야 했다. 그전까지 엄마는 틈만 나면 왜 일을 안 하냐고 다그쳤다. 영어를 전공했으면 그 흔한 영어학원에라도 취직을 하라고 했다. 면접을 본 영어 학원에서 연락이 없다는 말을 차마 할 수가 없었다. 찬밥 더운밥 가릴 처지가 아니었다. 직장에 나가느라 아이들을 엄마 집에 맡겼던 언니 덕분에 조카들과 함께 지낸 시절이 있었다. 아이 돌보는 일은 할 수 있을 것 같았다. 면접을 보던 날이었다. 설마 베이비시터 면접에서도 떨어질까 싶었다. 그런데 나 말고도 다른 사람이 면접을 봤다는 걸 알고 깜짝 놀랐다.

"사실 저는 우리 아이를 교육적으로 대해줄 분을 찾아요."

교육적으로 대하다? 나는 더듬더듬 말을 이었다.

"4살이면……읽기…… 교육을 시작할 때죠."

무표정한 면접관님이 나를 빤히 바라보다가 입을 열었다.

"우리는 밤에 일을 해요. 아이를 따뜻하게 살펴주고 틈나는 대로 책을 읽어줄 보모가 필요합니다."

"아이에게 책을 읽어주는 것도 중요하지만요, 단순히 글자를 읽어주는 수준을 넘어서야 한다고 봐요. 아이가 깊이 있게 이해했는지 묻고 답하면서 교감을 나누는 것이 의미 있는 독서가 되겠지요. 그리고 원하신다면 제가 영어 동화를 읽어줄 수 있어요. 영문학을 전공했거든요."

나는 말을 끝내자마자 참았던 숨을 후 하고 몰아쉬었다. 여자의 얼굴에 미묘한 표정이 깃들었다.

"이제 겨우 4살인 걸요. 그래도 시간이 되실 때 영어로 된 동화책을 읽어주신다면 정말 좋을 것 같네요."

아이가 책을 집어 들고 나에게로 달려왔다. 나는 아이의 뺨을 두 손으로 감싼 후 말했다.

"아, 예뻐라. 책 읽어줄까요?"

아이 엄마는 아주 흡족한 얼굴로 나를 보았다.

"밤에 일을 하면 참 고되잖아요. 그러고 보니 우리 모두 야간 근무자네요."

'우리'라는 말에 안도감을 느꼈다. 다음 날 나는 베이비시터가 되었다.

그때까지만 해도 내가 할 일이 크게 힘들 거라고 생각하지 않았다. 아무리 야간 근무라 해도 아이는 밤에 잠을 잘 것이고, 나도 밤이 되면 잠을 잘 것이고, 아이가 깨어나면 책을 읽어줄 것이고, 그래도 심심해하면 영어 동화책을 읽어줄 것이고, 그렇게 한 달이 지나면 월급을 받을 것이고. 야호!

하지만 예상은 빗나갔다. 아이는 낮 동안 죽은 듯이 잠들었다가 내가 출근을 하면 온 집안을 날아다녔다. 날아다닌다는 표현이 과하지 않을 정도로 이 방에서 저 방으로 저 방에서 다시 이방으로 정신없이 이동했다. 나는 아이 뒤를 쫓으며 정해진 분량의 동화책을 읽어줬다. 어쩌다 문지방에 걸려 픽 쓰러지기라도 하면 나도 모르게 욕을 흘렸다.

"미치겠네, 망할 놈의 베이비야!"

그러나 곧 입을 가리고 주위를 두리번거렸다. 집안에 감시 카메라가 있을 거라고 확신해서 방귀는 물론 트림까지 화장실에 가서 해결하지 않았던가. 베이비시터가 된 지 일주일이 되던 어느 날, 아이는 화장실에 들어가 변기에 빠진 장난감을 집다가 머리를 푹 담갔다. 나는 이를 부드득 갈면서 아주 작은 목소리로 말했다.

"Once upon a time there was a fucking baby lived!"

머리에 묻은 변기 물이 눈으로 흐르자 아이가 나에게 울먹이며 물었다.

"fucking?"

나는 화들짝 놀라 수건으로 아이 머리를 닦아준 후 꽉 끌어안았다. 아이가 자꾸만 날개를 푸득거렸지만 놓아주지 않았다.

자정이 넘으면 아이는 더 쌩쌩해졌다. 나는 전자레인지 안에 들어갔다 나온 시금치처럼 축 늘어졌다. 그렇게 하루 이틀을 버티고 일주 이주가 지나 한 달이 돼갈 즈음이었다. 아이가 감기에 걸려 기침을 심하게 했다. 나 역시 아이한테 감기가 옮아 약을 먹었다. 해가 떨어졌지만 아이는 날지 않았다. 대신 짜증을 내거나 울음을 터뜨렸다. 약을 먹이려고 밥을 떠주면 주먹으로 수저를 때렸다. 자정이 지났을 때는 증세가 더 심해져서 계속 울기만 했다. 그런데 새벽 1시가 지나자 아이가 꾸벅꾸벅 졸기 시작했다.

'아, 자려나 봐. 이렇게 고마운 아이가 세상에 어딨을까.'

그리하여 새벽 2시가 지났을 때 나는 거실에 이불을 깔고 아이를 눕혔다. 아이는 잠이 들었고 조심조심 일어나 전등 스위치를 내렸다. 탁, 하는 소리가 났을 때 아이가 울먹거렸지만 곧 잠잠해졌다. 뒷발을 들고 살금살금 걸어와 아이 옆에 천천히 누웠다. 내 이마에 불이 붙은 것 같았다.

'아, 집 앞 도넛 가게에서 일 할 걸 그랬나.'

얼마나 지났을까. 설핏 들었던 잠이 깬 건 관리실의 뜬금없는 방송 때문이었다. 치지직, 하는 잡음과 남자 목소리가 들렸다.

"큼큼, 마이크, 마이크 테스트 중입니다. 아아, 마이크……."

화재가 났나. 아니면 아파트 단지 안에서 무슨 큰 일이 일어났나. 붕괴사고? 그렇지 않고 이런 새벽 시간에 방송을 할 리가 없지 않은가. 겁이 덜컥 났다.

"늦은 시간에 죄송합니다. 다들 주무시는데 정말 죄송합니다."

바짝 긴장한 채로 관리실 방송에 귀 기울였다. 그런데 어찌된 게 술에 취해 있는 목소리였다.

"내일로 해고되는 송남길 경비입니다. 311동 담당입니다."

311동이면 옆 동이었다. 송남길 경비원은 딸꾹질을 했다. 어이가 없다는 생각이 들어 화도 나지 않았다. 그때 아이가 내 팔을 잡고 일어났다. 잠이 달아난 얼굴로 물을 달라고 했다. 물을 떠서 아이에게 마시게 하고 아이의 이마를 짚었다. 아직도 미열이 있었다. 나도 나지만 아픈 아이를 더 재워야 하는데. 그때서야 화가 치밀었다.

"제가 옛날이야기 좀 들려드리고 싶어 마이크를 잡았습니다. 옛날에 말이지요. 아니 아니다. 참, 노래 먼저 올리고 시작해도 되겠는지요…… 누운보오라가 휘나알리는 바람찬 흥남 부두에 모옥을 놓아 불러봤다 찾아를 봤다 금순아……."

아, 나는 비명을 지르고 싶었다. 맞은 편 313동 다섯 가구의 거실 등이 동시에 밝아졌다. 이어서 314동 여섯 가구의 거실에도 불이 들어왔다.

"옛날에 말이죠. 어떤 사람이 길을 다닐 때 머리를 가리고 다녔답니다. 뭔가 떨어질까 봐. 그 사람 전에도 하늘에서 떨어진 뭔가 때문에 기분이 상했던 경험이 있었죠. 그런데 그 사람이 풀린 구두끈을 매려고 허리를 숙이는 순간, 머리로 뭔가가 떨어졌답니다. 알고 보니 그건 그냥 똥, 그냥 새똥이었답니다……."

자리에서 일어나려던 아이가 털퍼덕 주저앉더니 바닥에서 한 바퀴 굴렀다. 나는 깜짝 놀라 아이를 살폈다.

"많이 아파? 어디가 많이 아파?"

그런데 아이는 숨이 넘어가라 깔깔 웃기 시작했다.

"똥, 똥, 은나, 은나."

'똥'이란 단어가 아이는 그리 재미있었나 보다. 아이가 웃으니 일단 마음이 놓였다. 아이는 내가 영어 동화책을 읽어줄 때보다 더 재밌게 송남길 경비원의 이야기를 들었다. 나는 누웠고 아이는 일어나 앉았다. 방송을 멈추게 할 방법이 생각이 나지 않았다. 관리실 전화번호가 어떻게 되는지 아이 엄마에게 물어볼까 하다가 내가 아니더라도 이웃 사람들이 손을 쓸 거라 생각했다. 송남길 경비원은 계속해서 맥락 없는 말을 이어 나갔다.

"그래서 새똥을 맞은 사람이 새들을 향해 소리쳤답니다. 야, 이 새 새끼들아! 너희 나한테 왜 그랬어? 왜 사람 머리에 똥을 싸는 거야?"

아이가 또다시 뒤로 벌러덩 누우며 웃어댔다.

"재밌어?"

아이가 고개를 끄덕였다. 술에 취한 아저씨가 흥얼흥얼 하는 말이 뭐가 재미있다고.

나는 약기운에 취해 졸았고 아이는 송남길 경비원이 하는 말에 귀 기울이고 있었다.

맞은 편 집에서 웅성거리는 소리가 크게 들렸을 때 눈을 뜬 것 같았다. 외출하고 돌아온 40대 중반의 부부와 중학생으로 보이는 아이를 문 앞에서 만난 적이 있었다. 초인종 대신 현관문을 똑똑 두드리는 소리가 나서 문을 열고 밖을 내다보았다. 일전에 보았던 앞집 여자였다.

"못 주무시죠?"

나는 깜빡 졸았지만 못 잤다는 뜻으로 고개를 끄덕였다.

"저 경비원 전화번호 알아요?"

여자는 큰 기대 없이 묻는 것 같았다.

"제가 여기 사는 게 아니라서요."

여자는 이해한다는 뜻으로 고개를 끄덕였다.

"관리실 현관부터 안에서 다 잠가버렸대요. 우리 아이가 내일 시험인데, 정말 큰일이에요. 애가 잠을 못 자잖아요. 아, 정말 누가 저 아저씨 좀 말릴 수 없을까요. 왜 저렇게 떠들어댈까요."

교양 있는 중년 여자는 어떤 것도 답할 수 없는 나에게 계속 묻고 있다. 한 층 위에서 고함을 치는 소리가 들렸다. 도대체 관리실 문을 왜 못 여는 거야. 간간이 여자 목소리도 섞여 들렸다. 여보, 통장이 누군지 좀 알아 와요. 통장은 뭘 좀 알겠지. 알았어. 내 이 놈의 인간을 가만 안 둘 거야. 그때, 거실에서 아이의 울음소리가 들렸다. 나는 여자에게 눈인사를 하고 문을 닫았다.

"많이 아프니?"

아이가 고개를 끄덕였다.

"우리 엄마 언제와?"

"엄만 환할 때 오잖아. 코 자고 일어나면 엄마가 오실 거야."

거실 창을 통해 몇몇 남자들이 관리실 쪽으로 움직이는 게 보였다.

"내일 해고니까 그래도 할 말은 해야겠습니다. 그러니까 또 새똥 이야긴데요. 새는 그냥 똥을 싸는 겁니다."

울던 아이가 다시 귀를 쫑긋 세웠다.

"똥이 재밌구나."

아이가 활짝 웃었다.

"좋은 차 나쁜 차 가리지 않고 똥이 마려우니까 새들은 거기다 똥을 싸는 겁니다. 제가 설마 애들아, 너희들 모월 모일 모시에 단체로 가서 저 고급 세단 차에다 똥을 발사해라, 라고 시켰겠습니까. 걔들이 싼 똥 때문에 그 똥 안 치웠다고 해고하는 게 이게 말이 됩니까. 그래요. 새가 제일 잘못이지만 그 녀석들이 말이 통합니까 글이 통합니까. 정말 궁금합니다. 경비가 왜 입주민 차에 묻은 새똥을 책임 져야 합니까."

아이는 내 품에 얼굴을 묻고 잠이 들었다. 나는 조심조심 아이를 바닥에 눕히고 이불을 덮었다. 경비원은 술이 조금 깼는지 이전보다 분명한 어조로 말했다. 아이도 나도 똥밭을 헤매는 꿈을 꿀 것 같았다.

"세단차를 타면 사람을 모함하고 해고를 시켜도 됩니까? 새똥 문제를 따진다고 사람한테 주먹을 날려도 됩니까."

그 말속에 울음 같은 게 섞여 있었다. 그런데 그것도 잠시 둔탁한 소리와 함께 새벽잠을 설친 주민들의 광분한 목소리가 들렸다.

"몇 시간째 이게 뭐하는 짓이야."

"잘렸으면 조용히 나갈 것이지."

"저 따위로 사니까 늙어서 경비나 하지."

주민들과 경비원의 대화가 생중계 되었다.

"내가 어떻게 살았는지 당신들이 어찌 알아? 내가 산 세월을 눈으로 확인했어? 늘그막에 경비 서는 게 어때서? 경비가 그렇게 우습게 보이냐? 집 한 채 있다고 유세 떨기는. 천박한 것들 같으니라고. 니들 다 덤벼. 다 덤벼 봐."

정말 다 덤빈 모양이었다. 깨지는 소리, 바닥에서 무엇인가 구르는 소리, 거친 숨소리 같은 게 들리고 급기야 경비원이 마이크에 대고 소리를 쳤다.

"사람 살려!"

잠들어 있던 아이가 소스라치게 놀라서 깨어났다. 겁에 질린 아이가 울어대기 시작했다. 새벽 5시가 지나고 있었다.

아이를 업어서 재웠다. 식은땀이 흐르고 눈 앞이 어질어질했다. 어디선가 새소리가 들렸다. 말과 글이 통하지 않는 새를 원망할 수는 없겠지. 1층 주차장으로 시선이 옮겨갔다. 또 다른 무리의 야간 근무자들이 나무 벤치에 모여서 한숨 같은 담배 연기를 내뱉고 있었다. 그 다음 해고자도 억울한 사연을 생중계를 하면 어떨까. 그때도 새똥이 됐든 쥐똥이 됐든 개똥이 됐든 '똥' 이야기가 나오면 내가 모시는 아이가 아주 즐거워할 테니까. ✗

내가 보고 있는 풍경은 어쩌면 꿈속인지도 모르지

권정현 _ 2002년 『조선일보』 신춘문예로 등단. 단편집 『굿바이 명왕성』, 장편소설
『몽유도원』 등이 있다. e-mail:hemian70@hanmail.net

르네마그리트, 거짓거울

그는 간밤 음주로 띵해진 뒷목을 누르며 모텔 커튼을 젖힌다. 주변이 숙박업소 밀집지대는 아닌 모양이어서 오피스텔 한 동을 중심으로 자동차 수리업소, 식당과 교회, 간판가게 등이 무질서하게 뒤섞인 군더더기 많은 풍경이 펼쳐진다. 밖을 무심코 쳐다보다가 그는 아차 싶어 시간을 확인한다. 아침 10시다. 출근 시간이 한참 지나 있다.

"큰일이군. 곧 회장이 직접 주관하는 회의 시간인데……"

그는 담배에 불을 붙이며 무심코 맞은편 오피스텔 통유리로 시선을 고정한다. 10여 미터쯤 떨어진 거리다. 층고가 조금 낮은 곳에 한 여인의 실루엣이 펼쳐진다. 스커트를 입은 여자가 손에 책 같은 것을 든 채 복사기 앞에 서 있는 중이다.

그 순간 여자의 등 뒤로 한 남자가 다가든다. 양복을 말끔하게 차려 입었는데 나이는 짐작할 수 없다. 남자가 여자의 엉덩이를 더듬는가 싶더니 여자가 허리를 숙여 자세를 낮춘다. 짧지만 강한 겨울 햇살이 여자의 엉덩이에 헤드라이트처럼 빛을 반사시키던 순간, 그는 여자와 눈이 마주친 것도 같다고도 생각한다. 여자는 시선을 피하지 않고 제 할 일에 몰두한다.

그들이 대낮 정사를 벌이고 있는 공간에서 왼쪽으로, 다른 사무실에선 정장을 반듯하게 갖춰 입은 남녀 대여섯 명이 테이블에 둘러앉아 회의를 하고 있다. 벽으로 차단돼 있지만, 그 두 오피스텔 공간 사이의 거리는 불과 2미터도 되지 않는다.

그는 계속해서 본다. 정사 남녀를 기준으로 오른쪽 사무실에는 특이하게도 실물 크기의 말 한 마리가 창가에 놓여 있다. 나무 말인지 청동인지 재질이 구분되지는 않지만 말의 표정은 살아 있는 것처럼 리얼하다. 금방이라도 유리창을 앞발로 부수고 뛰어내릴 것만 같다.

7층이나 되는 곳까지 누가 말을 가져다 놓았을까? 그러나 미처 놀랄 사이도 없이 또 다른 상황이 연출된다. 칠십이 다 돼 보이는 사내다. 중소기업 사장쯤 돼 보이는 중늙은이가 말 옆으로 다가들더니 느닷없이 잔등으로 올라간다. 늙은이가 말고삐를 힘껏 잡아당긴다. 그는 살아있는 말에게 그러듯 옆구리를 걸어찬다. 이랴, 이랴, 하고 소리치는 것처럼.

그는 담배를 비며 끄며 잠깐 고민한다. 아직 잠이 깨지 않은 게 아닐까? 사내는 시간을 확인한다. 손목시계의 시간은 여전히 10시 정각을 가리키고 있다. 사내는 도로 침대에 누우며 다행이라고 생각한다. 그리곤 혼자 중얼거린다.

내가 보고 있는 풍경은 어쩌면 꿈속인지도 모르지. 만화경이나 프리즘 속에 구현된 어떤, 또 다른 세계. 내가 속한 모텔 방에서, 내가 커튼을 열어젖힌 순간부터 나는 타인들이 각자 엮어가고 있는 개인의 시간을 엿보고 있었던 거야. 회의에 열중이던 남녀 사원들의 지리멸렬한 시간과, 말의 옆구리를 걷어차는 초로의 사내와 그의 권태, 복사기 앞에 선 여직원의 치마를 아무렇지도 않게 걷어 올릴 수 있는, 중간 사무실의 어떤 존재와 그가 누리는 지극히 개인적인 시간, 복사기 앞에 몸을 기울인 여직원의 너무도 짧거나 혹은 견딜 수 없이 길게 느껴지는, 반복되는 어떤 지루한 시간 말이다.

그는 그 엉뚱한 시간의 틈을 도로 닫는다.

기다렸다는 듯 전화벨이 울리기 시작한다. ✦

여자와 한 몸이 되어 이곳에서 나가고 싶다. 내 영혼이 의자에 들어간 그 날처럼

김주욱 _ 2015년 『문학나무』 신인작품상, 전태일문학상, 한국문화예술위원회 아르코
창작기금 수상. 2016년 경기문화재단 전문예술창작지원사업 선정. 2014년 장편소
설 『표절』, 2016년 소설집 『미노타우로스』. e-mail:jjju1723@hanmail.net

빨간의자

극장이 새 단장을 끝내고 다시 오픈하는 날이다. 나는 아직 포장 비닐에 둘러싸여 있다. 제일 앞자리부터 하나씩 비닐을 벗겨 내는 남자 아르바이트생이 보인다. 또 그 옆에 온종일 오픈 준비를 하고 청소를 마친 여학생이 보인다. 둘은 함께 아르바이트하며 사랑을 키웠다. 젊은 연인은 극장의 조명이 전부 꺼지자 내 위에 앉아 사랑을 시작한다. 허기가 진 듯 서로 입술을 탐닉하며 한참 동안을 빨아댄다. 남자가 땀에 전 여자의 목덜미부터 애무하기 시작하자 포장 비닐을 타고 여자의 열기가 전해진다. 내 몸에 뜨거운 기운이 파고들어 오면서 소리가 들린다. 연인의 흥분된 숨소리에, 몸이 심하게 흔들리는 바람에 어지럽다. 연인은 내 몸을 감싼 포장 비닐 소리가 거슬리는지 단번에 비닐을 찢어버린다. 여자의 엉덩이는 기쁨의 샘이다. 빨간 가죽에 얼룩이 진다. 드러난 맨몸에 극장의 공기와 연인

의 체온이 뒤섞인다. 연인은 점점 한몸이 된다. 남자의 힘찬 몸
부림에 내 풍성한 쿠션은 덩달아 가쁜 숨을 뿜어낸다.

몸에 힘을 줬으나 다리도 허리도 꼼짝하지 않는다. 빨간 가
죽을 찢어버리고 허공으로 날아가고 싶다. 탈출하고 싶은 충동
이 일어날수록 무력감에 빠진다. 청소하는 아줌마가 지나갈 때
살려달라고, 나는 원래 사람이었다고, 나를 좀 어떻게 해달라
고 외치지만, 아줌마는 걸레질만 한다. 다시 사람으로 환생하
는 꿈을 꾼다. 히터를 점검하는지 천장에서 뜨거운 바람이 계
속 나온다. 온도가 올라가자 내 몸에서 플라스틱 냄새와 가죽
냄새가 진하게 풍긴다. 조명이 밝아졌다가 어두워졌다 하면서
내 몸을 비춘다. 먼지들이 조명불빛으로 모여들어 춤을 춘다.
나는 뜨거운 공기를 빨아들인다. 풍만한 가슴을 드러낸 여배우
처럼 내 몸이 탱탱하게 느껴진다. 걸레가 다시 한 번 내 몸을
훑고 지나간다. 히터가 약해지고 조명이 어두워진다. 모든 준
비가 끝난 것이다.

상영관 문이 열린다. 톤이 다른 빨간 카펫이 이중으로 펼쳐
진다. 어둠 속에 눌려 있던 빨간 카펫 한 올마다 빛이 스며든
다. 카펫이 탄력 있게 곧추서면서 빨간색이 더 고급스러워 보
인다. 내 자리는 상영관 맨 뒤쪽 구석이다. 나는 30개의 좌석을
내려다본다. 고급스러운 실내장식에 잠시 어리둥절하다가 극
장 의자가 되었다는 사실이 두려워지기 시작한다. 의자가 되었
으니 병들거나 늙어 죽는 일이 없는 것일까. 생각할수록 어둠

깊숙이 빠져드는 기분이다.

첫 관객은 여자다. 여자는 팝콘을 사들고 나에게 온다. 여자의 부드러운 물살이 내 몸을 누른다. 바람 빠지는 소리가 난다. 여자의 머리는 사내처럼 짧다. 기름에 전 머리는 자고 방금 일어난 듯 달라붙어 있다. 꾸미지 않은 옷차림이다. 영화가 시작되기 전에 음료 서비스가 시작된다. 여자 앞에 놓인 탁자에 빨간 와인이 놓인다. 시중드는 직원은 여자에게 와인 한잔을 따르고 사라진다. 영화가 시작되자 여자는 조개처럼 꼭 다문 엉덩이를 움직이며 자리를 잡는다. 여자의 탐스러운 살이 나를 계속 누른다. 여자와 더 밀착하고 싶어 몸을 부풀린다.

여자가 팝콘을 입에 가져가 넣을 때마다 짭짤한 버터와 소금 맛이 연상된다. 여자가 팝콘을 집을 때마다 한두 개씩 바닥에 떨어진다. 낱알이 튀겨지지 않은 알갱이는 푹신한 카펫에 박힌다. 여자는 팝콘을 먹다 말고 입에 손가락을 넣은 채 한동안 화면에 빠진다. 여자는 와인과 함께 나온 치즈와 과일에는 손도 대지 않고 팝콘만 열심히 먹는다.

영화 속 여주인공이 위험에 처하자 여자는 슬리퍼를 벗고 다리를 오므린다. 발바닥의 축축한 땀이 느껴진다. 여자는 영화를 보다가 훌쩍거린다. 눈물을 흘리는 여자의 맑은 감성이 빨간 가죽을 파고든다. 여자가 흐느끼며 눈물을 흘린다. 냅킨을 다 써버린 여자는 눈물 닦은 손을 엉덩이 밑으로 넣어서 문지른다. 눌린 스펀지가 가쁜 숨을 내쉰다.

　영화 속에서 먹구름이 가득 차고 장대비가 퍼붓는 소리가 난
다. 그날 상영관 천장의 스프링클러가 터졌을 때를 기억한다.
영화 속 대지에 흙탕물이 튀어 오르고 숲에서는 물안개가 연기
처럼 피어난다. 상영관에는 연기가 자욱했다. 유독가스가 폐부
깊숙이 들어오는 순간 정신이 혼미해지기 시작했다. 비상구로
뛰어가기엔 이미 늦었다. 영화 속 빗방울이 나뭇잎을 때린다.
극장 의자의 스펀지가 녹으면서 불이 옮겨 붙었다. 영화 속 남
녀는 한몸이 된다. 퍼붓는 빗속에서 남녀가 부둥켜안고 서로
갈구한다. 안고 비비며 서로 몸속으로 들어갈 듯이 포옹한다.
의자와 나는 한몸이 되어 활활 타올랐다. 영화 속 여자와 남자
는 몸에 달라붙은 옷을 서로 벗겨주다 잘 벗겨지지 않자 다 찢
어버리고 들판을 달린다. 연인은 육체의 낙원 같은 엉덩이를
출렁이며 달린다. 내 영혼이 극장 의자로 들어간 건 화재 때문
이었다. 육체가 극장 의자에 눌어붙는 순간 영혼이 빨려 들어
갔다. 극장 주인은 불탄 극장 의자의 뼈대를 재활용했다. 불에
타서 시커멓게 눌어붙은 시트를 벗겨내고 빨간 가죽을 덧씌웠
다. 내 영혼은 빨간 가죽의자에 봉인되었다.

　화면이 밝아진다. 객석의 의자는 전부 빨간색이다. 관객은
빨간 의자 안에 여자의 엉덩이를 탐하는 유령이 사는 것을 모
를 것이다. 바닥의 빨간 카펫에서, 화면이 활활 타오르는 장면
에서, 관객의 얼굴이 붉어지는 장면까지 극장 안은 온통 빨강
의 물결이다. 의자가 되어서야 거리를 두고 세상을 관찰하는

여유를 가지게 되었다. 나는 그동안 사유하지 않았다. 영혼을 버리고 미디어의 쾌락만 꾸역꾸역 받아먹었다. 미디어가 만들어준 정체성으로 살아왔다. 지금 누리는 훔쳐보기의 쾌락은 지난날 영혼을 버리고 살아왔던 것에 대한 하늘의 응징일 것이다. 관객의 얼굴이 전부 빨갛게 달아오르자 영화는 끝이 난다.

엔딩 자막의 끝이 보인다. 천장 조명이 하나둘씩 들어오고 카펫의 빨간색이 점점 밝아진다. 벽을 따라 흐르는 라인에 불이 들어온다. 여자는 관객이 전부 나가는데도 가만히 앉아 있다. 환풍기가 돌아가면서 상영관의 텁텁한 공기를 빨아들인다. 내 몸이 식는 게 싫어서 여자를 붙잡으려 하지만 여자는 잡히지 않는다. 여자와 한 몸이 되어 이곳에서 나가고 싶다. 내 영혼이 의자에 들어간 그 날처럼, 상영관에 불이 났으면 좋겠다는 생각이 든다. 불이 활활 타오르면 힘이 날 것 같다. 빨간 가죽을 찢어버리고 날아가는 상상을 한다. 여자는 관객이 모두 나간 다음 일어난다. 나도 같이 따라가려고 발버둥을 치지만 꿈쩍도 하지 않는다. 그날 내가 빠져나갔어야 했을 비상구로 걸어 내려가는 여자의 뒷모습을 그저 바라만 볼 뿐이다. ⸙

순간 기숙사에 사는 일주일간 내가 만났던 모든 유령들의 즐거운 웃음소리가 들리는
듯했다

박인 _ 중앙대학교 문예창작학과 졸업. 화가. 2014년 『문학나무』에 단편소설 「소금
꿈」 당선. 공저 『소아족부의학개론』 『하지의 임상생체역학』 『신발치료학입문』 등.
e-mail:podiman@hanmail.net.

그날의 흑진주

그날 이후 나는 금발머리가 무서웠다. 풍만한 리즈의 가슴은 내 결핍된 모성애를 자극했지만 살찐 엉덩이는 느낌이 달랐다. 금발이 매력적이어서 그녀 방으로 따라갔었다. 그녀와 나는 서둘러 옷을 벗었다. 침대에 누운 여자 넓적다리에 붙어있는 하얀 살이 보였다. 그녀 허리에 삼겹으로 접힌 비곗덩어리가 마치 목구멍에라도 걸린 것처럼 내 가슴은 체증으로 타올랐다. 침대에 눕자 살덩어리에 짓눌려 숨이 턱 막히는 느낌이었다. 나는 남겨온 와인 반병을 들고 전부 마셔버렸다. 다리와 다리 사이 계곡이 금빛으로 접혀있었다. 거대한 엉덩이에 기죽은 내 성기는 고개를 들지 못했다. 고백하건데 당시 나는 백색에 주눅이 들어 있었던 게 분명했다. 맨체스터 시티 위성도시에 있는 지방대학에서 계절학기 수업을 받으려고 대학기숙사에 일주일 정도 지냈을 무렵이었다.

원래 나는 마른 여자의 갈비뼈를 좋아했다. 갈비뼈의 수평
구조는 어깨 쇄골과 더불어 인간의 직립보행을 더 완벽하게 만
든다고 생각했다. 뼈를 드러낸 마른 여자는 겨울나무 골격을
바라보는 것처럼 아름다우면서 쓸쓸한 느낌이 들었다. 수강생
들 중 내 마음에 들어온 그녀 이름은 펄이었다. 흰색은 크게 보
이고 검은색은 작아 보이는 착시 때문이랄까. 펄은 북아프리카
가 고향인 작고 쾌활한 여자였다. 작은 나무 실루엣 같은 그녀
는 내게 친절하기까지 했다. 검은 마스크 안에 백인이 숨어있
다고 믿고 싶을 정도였다. 펄의 얼굴은 검은 색을 지우면 당장
백인이라고 해도 좋았다. 그녀와 나는 과제를 함께 준비하느라
금방 가까워졌다.

그날은 겨울방학이라서 기숙사는 거의 비어있었다. 추운 겨
울 캠퍼스, 나는 유일한 황인이었다. 수업이 끝나고 강의실을
나오는데 리즈가 나를 불러 세웠다. 하루 아홉 시간씩 모두 9
학점을 이수하느라 녹초가 된 늦은 오후였다. 수업이 끝난 후
마시는 흑맥주 한잔에 천국이 보일 정도였다.

"오늘 나랑 저녁 먹을래?"

금발이 내게 물었지만 나는 뒤를 둘러보았다. 주변에 잘생긴
백인남자를 찾기라도 하는 걸까. 그녀는 손가락으로 나를 가리
켰다. 그래 너, 너라는 표정으로 나를 보고 웃었다.

"그래 먹자. 뭐든."

나는 어깨를 으쓱하며 말했다. 리즈가 왜 저녁을 먹자는 걸

까. 임상실습을 나간 병원에서 교수 몰래 술을 마시고 취한 척 금발을 끌어안고 춤을 춘 적은 있었다. 사실 나는 유일하게 시드니에서 유학 온 동양인이라서 그런지 기숙사도 냉장고가 있는 삼층 방을 따로 썼다. 삼백년 묵은 기숙사 회랑을 나 혼자 독차지했다. 밤마다 나는 백인유령들의 방문을 받았다. 밤 열두 시가 넘으면 문이 열렸다 닫히고 복도를 오가는 소리가 들렸다. 문을 열면 아무도 없는 어둠이 앞을 가로 막았다. 방문을 닫고 침대에 누우면 다시 문 밖이 소란스러웠다. 잠을 제대로 못 자고 렌지에 돌려먹는 즉석식품에 물릴 무렵이었다.

"어디서 무얼 먹을까?"

허기진 나는 물었다. 리즈는 더블린에서 왔지만 셀포드에 친구를 만나러 온 적이 있다고 했다. 레스토랑에서 스테이크를 먹고 선술집에 들려 맥주를 마시며 그녀와 잡담을 나누었다. 한쪽 구석에서 볼멘소리가 들렸다.

"세상 좋아졌네. 눈 찢어진 놈이 블론드와 기니스도 마시고."

기름에 튀긴 음식을 먹고 맥주배가 나온 동네 아저씨들이었다.

"고개 돌리지마. 나만 보고 있어. 정말 쓰레기들이야."

리즈가 내 눈을 보며 조용히 말했다. 키가 큰 금발여자에게 보호받으며 앉아있자니 편치가 않았다. 리즈와 나는 거리로 나왔다. 펄은 그 많은 참고문헌들을 혼자 읽고 있을까. 과제준비에 급한 내 마음은 펄에게 가고 있었다. 캠퍼스로 올라가는 도

스마트소설박인성문학상 후보작
박인

중 리즈는 내 손을 잡으며 말했다.

"영국식으로 말하자면 여자가 남자에게 저녁식사를 둘이서 하자는 것은 특별한 의미가 있는 거야."

"특별한 의미?"

나는 심장이 요동쳤지만 부러 딴청을 피웠다.

"사실 난 한국남자하고는 자본 적이 없거든."

생각하니 나도 금발여자와 잠을 잔 적이 없었다. 그믐달 아래서 나는 리즈에게 키스를 하고 그녀 방으로 갔다. 맹세컨대 그날 금발머리하고는 아무 일도 없었다. 신이 떠나버린 지구, 이 지구의 영국 맨체스터, 지방대학 기숙사에서 무슨 일이 벌어진들 누가 과연 콧방귀나 뀌겠는가 말이다.

그렇지만 그날 밤 열두 시경. 방으로 돌아와 곯아떨어진 나는 건장한 백인남자 귀신에게 폭행을 당했다. 목이 졸리고 숨이 끊어질 찰라, 깨어났다. 방문을 두드리는 소리가 났다. 나를 부르는 목소리. 삼층 회랑을 울리며 내 방문을 다시 두드리며 나를 부르는 목소리, 펄이었다. 나는 불이 꺼진 방을 기어가서 문을 열었다. 어둠에 익은 내 눈은 검은 그녀를 찾고 있었다. 달빛이 창문을 타고 들어와 내 어깨를 짚고 펄의 눈으로 흘러갔다. 별빛으로 변한 그녀의 두 눈이 깜박거렸다.

"오늘 리즈와 즐거웠어?"

펄은 화가 난 듯 내게 물었다.

"정말 아무 일도 없었어."

"거짓말!"

펄은 웃었지만 두 눈 속 별들이 흔들렸다.

"펄, 내 말 믿어. 여자와 좋은 일이 생겼다면 바로 너 때문일 거야."

그녀는 가지런한 이를 드러내며 웃었다. 나는 그녀 눈 안에서 별들이 난동을 부리기 전에 방안으로 그녀를 잡아당기고 서둘러 문을 닫았다. 달이 구름에 숨어버린 사위는 조용해졌다. 나는 어둠 속에서 그녀를 찾았다. 흐린 달빛이 서리가 앉은 창문으로 들어왔다. 펄은 어디로 사라진 것일까. 나는 침대로 걸어가다가 화들짝 놀랐다. 이불을 걷어낸 자리에 알몸인 그녀가 엎드려 있었기 때문이었다. 창문으로 들어온 달빛이 그녀 왼쪽 어깨에 내려앉아 보석처럼 반짝였다. 등을 타고 흘러내리다 허리에서 사라진 달빛이 엉덩이에 걸려있었다. 펄의 작은 몸에서 힘차게 솟아오른 엉덩이는 방안의 모든 빛을 빨아들이고 있었다. 순간 기숙사에 사는 일주일간 내가 만났던 모든 유령들의 즐거운 웃음소리가 들리는 듯했다. 그녀의 마른 나무줄기 몸에 생명을 키워낸 튼실한 검은 엉덩이가 흰색에 주눅 들린 내 황토색 성기에 닿자 나는 사시나무처럼 떨며 흥분하기 시작했다.

그녀는 생명을 기리는 흑진주였다.

칸은 그제야 절망했다. 칸은 누구도 알지 못할 정도로 복잡한 미로를 원했고 아흐마
드는 자기 모든 총명을 끌어 그걸 완성시킨 것이었다

이중세 _ 1978년 서울에서 태어났다. 2009년부터 썼다.
e-mail: yijungse@naver.com

황금궁전

감옥은 깊고, 돌로 되어 있다.

미궁이 완성되자 아흐마드는 황금궁전으로 향했다. 문들은 드높았고 지붕 윤곽은 부드러웠다. 연못엔 뱃전을 금박으로 장식한 배가 띄워져 있었다. 정원은 열 척 높이 산호수와 잘 다듬은 관상수로 가득했다. 꽃핀 나무를 장식하려 과실 모양의 청금석과 호박을 매다는 내시들이 보였다. 벽에는 용이 아로새겨져 있었고, 문마다 원숭이와 사슴과 잉어가 조각되어 있었다. 상아로 만든 칸의 전용계단을 피해 아흐마드는 대리석 계단을 올랐다. 기우뚱한 햇살이 옥을 깎아 만든 처마기와에 턱 지며 미끄러졌다. 우람한 졸참나무 기둥에서 해묵은 싱그러움이 풍겼고 사향과 계피 혼합물로 닦은 바닥이 발길을 잡아끌었다.

그러나 이것은 황금궁전이 지닌 화려함의 일부에 불과했다. 적의 유입을 막기 위해 신하들에게 혼돈 섞인 두려움을 주기 위해 자신에게 생경한 기쁨을 주기 위해, 칸은 황금궁전을 지독하게 드넓게 말할 수 없이 섬세하게 정돈하지 못할 정도로 복잡하길 바랐다.

이 모든 건 아흐마드가 아니고서는 불가능했다. 칸의 마술사이자 기술자인 그는 눈속임이 아닌 진정한 신비를 보여주었다. 목이 부러진 비둘기가 생명을 얻어 다시 날았고, 삶은 대추가 심겨져 즉각 싹을 틔웠다. 불을 삼켰고 물 위를 걸었기에, 칸을 제외한 모든 사람들은 아흐마드가 구름도 밟을 수 있을 거라고 여겼다.

칸의 미녀들을 가꿀 묘약을 지어 신망을 얻은 아흐마드는 다리 건설에 참여해 또 다른 재능을 증명했다. 아흐마드의 건축물은 칸의 감탄을 샀는데, 서방의 교묘함과 동방의 웅장함이 잘 어우러졌기 때문이었다. 지극히 화려하고 극도로 우아한 황금궁전은 아흐마드가 수천의 노예와 수백의 장인과 한 줌의 예술가를 부려 빚어낸 마법이었다. 칸은 황금궁전을 그 어떤 것보다 사랑했고, 이 재주 많은 색목인을 무척 아꼈다. 그러나 구부정한 어깨에 섬세한 기질을 지닌 아흐마드는 잔혹한 칸을 내심 두려워했다.

칸은 쾌적하고 서늘한 누각에서 비빈의 시중을 받는 중이었다. 상아 난간과 반들거리는 상수리나무 바닥을 지닌 누각은 달콤한 여름꽃 향기로 그득했다. 칸이 비단 보료를 내오게 하고 술 한 잔을 내렸다. 다리가 긴 연꽃 모양 은잔 가득 향기로운 술이 부어졌고, 어린 내시가 달그락거리는 술잔을 조심스레 받쳐 왔다. 규례에 따라 아흐마드는 절을 하고 잔을 들었고 마신 뒤에 다시 절했다. 그리고는 미궁을 다 지었다고 칸에게 보고했다.

칸은 자못 기쁜 기색을 띠었다. 칸은 불온한 기미를 보이던 칸의 의붓동생 일파를 미궁에 유폐시킬 작정이었다. 그들이 무기를 마련했다는 첩보가 들어왔지만 칸은 여유로웠다. 누가 감히 칸을 넘어선단 말인가? 아흐마드는 미궁이 한 개의 입구와 두 개의 출구, 칠백마흔 개의 방과 그것을 거미줄처럼 연결한 복잡한 통로로 구성되었다고 보고했다. 칸은 미궁의 탈출방법을 물었고 아흐마드는 자신조차 그 미로에서 빠져나올 수 없다고 대답했다. 그건 정말 기이한 일이었는데, 아버지가 아들을 아는 것처럼 창조자는 창조물을 아는 법이라고 칸은 믿었기 때문이었다.

칸은 여흥을 폐했다. 비빈들이 절할 틈도 없이 내쫓겼다. 누각 아래 선 호위병들이 뿔나팔을 불자 숲의 새들이 검은 먼지처럼 부옇게 일어 공중을 가로지르다 다시 숲으로 내려앉았다. 조개껍질을 갈아 바른 은빛마차는 햇빛을 받을 때마다 영롱한 무지개를 비쳤다. 여덟 명의 튼튼한 내시가 끌 마차 앞에는 검은 기둥이 박혀 있었다. 기둥 양쪽으로 마차와 수평을 이루며 연결된 네 개의 가지는 내시들이 붙들고 밀 손잡이였다. 아흐마드는 마차 손잡이를 보며 달아난다(北)는 중국글자를 떠올렸다. 은빛마차가 황금궁전을 가로질렀다. 붉은 채찍을 거머쥔 칸은 푸른 고원에 우뚝 선 솟대처럼 보였다. 아흐마드는 황금궁전을, 칸의 욕망을 완벽하게 충족시킨 저 거대한 건축물을 돌아보았다. 잔혹한 칸의 텅 빈 마음을 채우는 건 황금궁전이 유일했다. 그것은 무궁한 존귀와 지극한 우아함의 총합이었다. 고개를 돌려 앞을 보던 아흐마드는 황금궁전을 돌아보던 칸과 눈이 마주쳤다.

그 순간, 아흐마드는 칸이 자신을 죽이려한다는 걸 깨달았다.

미로를 벗어날 길을 모른다는 대답을 칸은 믿지 않는 게 분명했다. 단지 그 이유만은 아닐 테지. 아흐마드는 생각했다. 황금궁전보다 나은 건축물을 지을 사람은 오직 아흐마드뿐이었고, 칸은 자신의 만족과 기쁨이 깨지는 걸 어떤 식으로든 용납하지 않는 사람이었다. 자신의 완벽한 만족이 또 다른 위대함으로 부서질까봐 두려워 나를 죽이려는 것이로구나. 어찌해야 할지를 궁리하며 아흐마드는 몸을 떨었다. 대책이 없진 않았다. 그러나 두루마리에 걸린 마술은 아직 완전하지 않았고, 아흐마드는 몹시 불안했다.

은빛마차는 드넓은 초원을 만났고 황금궁전은 지평선 너머로 사라졌다. 미궁은 산과 계곡과 호수를 포함한 광활한 동쪽 사냥터에 자리했다. 미궁입구 양쪽에 한 묶음의 예술가와 수백의 장인과 수천의 노예가 엎드려 칸을 맞았다. 땀에 흥건한 내시들이 엎드린 채 헐떡였고 칸이 비천한 모두를 굽어보았다.

칸의 살의를 읽은 아흐마드가 고개를 저었다.

— 저들은 고작 자신이 파낸 장소만을 알뿐입니다.

칸은 미심쩍은 표정을 지었다.

— 너희는 미궁을 십 년 동안 만들었어. 네가 아무리 복잡한 미로를 궁리했더라도 대략을 파악하기에 충분한 시간이지.

아흐마드의 얼굴이 붉어졌다. 이 긍지 높은 색목인은 자신의 총명을 깔보는 자를 참아내지 못했다. 잔혹한 칸은 비밀이 지켜지길 바랐고, 비천한 자 모두를 생매장시키라 명했다.

그때 숲에서 징소리와 함성이 들렸다. 칸을 위해 미궁을 짓던 자들이 숲으로 달아났다. 무수한 반란군 사이에서 칸은 의붓동생을 용케 알아보았다. 칸이 직접 활을 쏘았으나 해일처럼 달려드는 자들을 당해내진 못했다. 한 명을 제외한 모든 호위병이 살해당했다.

칸의 의붓동생은 미궁이 어떻게 쓰일 예정인지 알고 있었다. 재치를 발휘한 그는 홰 한 묶음을 주고는 칸과 아흐마드와 살아남은 호위병을 미궁에 밀어 넣었다. 반란군들이 화살을 쏘았기에 그들은 미로 깊숙이 내달릴 수밖에 없었다. 칸의 의붓동생이 돌을 굴려 미궁입구를 막게 했다. 그런 뒤 황금궁전에 돌아가 칸이 죽었다고 선언하고는 제국을 움켜쥐었다.

어둠 속에서 칸은 몹시 분개했다. 오만함이 불러온 참사였기에 치욕이 더 했다. 부싯돌을 내려쳐 겨우 횃불을 켰지만 아흐마드조차 방향과 위치를 짐작하지 못했다.

— 제가 삶을 끝내드리길 원하십니까?

자살 직전 호위병이 물었다. 칸은 거절했다. 차가운 쇠가 목에 닿는다는 생각만으로도 칸은 섬뜩해했다. 허리춤 단도로 자기 목을 찌른 호위병은 버둥대며 피 흘리다 죽었다. 칸은 시신에서 멀리 떨어지고 싶어 했고 아흐마드와 함께 홰 한 자루가 다 타도록 미로를 헤맸다.

떠돌던 칸과 아흐마드는 먼 어둠에서 뭔가 보았다. 그것은 죽은 호위병이었다. 칸은 그제야 절망했다. 칸은 누구도 알지 못할 정도로 복잡한 미로를 원했고 아흐마드는 자기 모든 총명을 끌어 그걸 완성시킨 것이었다. 어찌하길 원하느냐고 아흐마드가 물었다. 칸은 자신의 황금궁전을 다시 보고 싶다고 대답했다. 칸에게 황금궁전을 다시 본다는 건 전에 지녔던 권력과 부와 존귀를 한꺼번에 되찾는다는 걸 의미했다. 마술사가 답했다.

— 본다고요? 그래요. 볼 수 있겠지요. 하지만 좋은 선택일까요.

벽걸이에 횃불을 꽂은 아흐마드가 소매에서 두루마리 하나를 꺼내 바쳤다. 편 두루마리에 출렁이는 물이 가득했다. 두루마리를 기울이자 물이 줄줄 흘러 돌바닥을 적셨다. 아흐마드가 두루마리 속으로 손을 집어넣어 물을 한 줌 떠 마셨다가 주문을 외며 뱉었다. 그러자 두루마리 속 찰랑이던 물이 뿔 모양으로 고동치기 시작했다.

— 어떤 대가를 치를지 모릅니다.

어금니를 깨문 칸이 마술사를 마주보았다.

— 어떤 대가를 치르더라도.

바닥에 두루마리를 둔 아흐마드는 두려웠다. 두루마리는 불
안정했고 그가 건 마법은 변수가 많았다. 뿔 모양의 물결이 어
디로 통할지 짐작하지 못한 채 아흐마드는 두루마리 속으로 깊
이 잠겼고, 마침내 사라졌다. 칸이 두루마리를 들었다. 미로의
돌바닥과 두루마리 사이엔 아무 것도 없었다. 두루마리를 내려
놓은 칸이 요동치는 물을 짚었다. 손이 쑥 들어갔다. 칸이 숨을
들이마셨다. 많은 물소리와 지독한 짓누름과 끔찍한 고요를 거
치며 칸은 수면 위로 천천히 낙하했다.

그곳은 숲 한가운데였다. 칸은 의붓동생이 돌로 막았던 미궁
입구가 사라지고 없다는 사실을 알아차렸다. 어쩌면 미궁은 애
초부터 없었을지도 몰랐다. 칸은 드넓게 고인 호위병들의 피
웅덩이를 보았다. 뿔 모양으로 고동치던 핏물이 천천히 평정을
되찾았다. 칸의 팔은 뒤로 묶였고 무릎은 땅에 닿아 있었다. 오
직 칸의 눈동자만이 움직일 수 있었다. 칸은 옆에 선 자를 보고
깜짝 놀랐다. 의붓동생의 부하가 칼을 내리치는 중이었다.

그러나 칼은 내리쳐지는 그대로 멈춰져 있었다. 칸의 정신과
눈동자를 제외한 모든 세계가 낯설게 굳어 있었다. 장군의 기
합과 칸의 비명과 칼날의 쇄도는 우뚝 멈춰져 있었다.

아흐마드의 목은 이미 잘려 있었다. 나뒹구는 머리통의 눈이

깜빡였다. 멀리서 새 소리가 들렸다. 겹겹이 쌓인 호위병들의 시체와 미천한 것들이 달아난 숲이 보였다. 칼을 휘두르는 자 뒤쪽에 의붓동생이 있을 것만 같았지만 시선이 닿진 않았다. 목덜미에 다다른 칼의 냉기가 똑똑히 느껴졌다. 칸이 마술사를 보았다.

— 아흐마드야. 우리가 어디 있는 것이냐.

— 새로운 칸의 업적을 칭송하기 위한 탕구트 승려의 그림 안이로군요.

— 황금궁전은 어디 있느냐. 그걸 볼 수 있다고 하지 않았더냐.

아흐마드의 잘린 목이 눈을 깜빡였다.

— 황금궁전을 반드시 보실 것입니다.

그리고 헤아릴 수 없이 많은 세월이 지났다. 뒷짐 지워지고 무릎 꿇려진 칸은 쇠의 냉기를 목 뒤로 느끼며 선득한 몸을 떨었다. 그림 속 풍경은 늘 그대로였다. 바람은 없었고 해는 희멀건 했으며 시체 더미의 피 냄새는 역했다. 이 괴로움을 언제까지 견뎌야 하느냐. 칸은 절규했다. 아흐마드가 속삭였다.

— 어떤 대가를 치르더라도.

복수를 마친 아흐마드의 입에서 비릿한 웃음이 흘렀다. 잘린 목에서 피가 길게 흘렀고, 그 뒤로 아흐마드는 입 열지 않았다. 칸이 색목인의 이름을 구슬피 불렀지만 아흐마드는 떠나고 없었다. 그림 속에서 죽었기에 아흐마드는 달아날 수 있었지만,

목 잘리지 않은 칸은 그림에 붙들려 있어야만 했다.

지극한 고통의 세월이었다. 칸의 의붓동생이 죽고 대를 이은 아들과 손자까지 늙고 죽는 수백 년의 세월이 흘러갔다. 똑같은 풍경 속에서 칸은 새 소리를 세었다. 간혹 칸은 평정을 잃고 통곡했다. 그림에서 나가기만 하면 아흐마드를 비롯한 모든 색목인을 죽여 없애겠노라고 칸은 악을 썼다. 진정이 되면 다시 새 울음을 셌다.

그리고 마침내 그 일이 일어났다. 누군가 그림이 그려진 두루마리를 펼친 것이다. 숲과 하늘 너머로 그림 밖 세상이 얼비쳤다. 칸은 눈을 크게 떴다. 꾀죄죄한 군졸과 그의 등 뒤로 붉게 번들거리는 하늘이 보였다. 칸과 그의 조상들이 줄곧 지폈던 약탈의 불길이었다.

꿈틀거리는 칸의 눈동자를 가리키며 군졸이 비명을 질렀다. 다른 군졸들이 달려와 그림을 펴들었다. 칸은 눈동자를 뒤룩이며 황금궁전을 찾았다. 군졸들의 손에는 칸이 아끼던 보물이 들려 있었다. 황금칼과 영롱한 보석과 문양 가득한 잔이 손톱시커먼 군졸들의 손에 그득했다. 칸은 으깨진 담벽과 흙바닥에 넘어진 신상(神像)과 불타오르는 난간을 보았다. 글과 문양으로 돋을새김을 냈던 대리석 담벽이, 황금과 보석으로 치장했던 신상이, 상아와 흑단으로 꾸민 난간이…… 불과 약탈 속에서 황금궁전은 으스러지고 있었다.

황금궁전에 들어선 주원장이 결코 이해할 수 없던 수천 묶음

의 두루마리를 불태우던 밤, 칸을 붙들었던 그림 또한 거기 내
던져졌다. 불꽃 속에서 비명이 울렸지만 아무도 그것이 수백
년 전 시해 당했다는 칸의 목소리라는 사실을 깨닫지 못했다. ✗

우리는 바람이었다. 언젠간 스치고 지날 사이였다

임상태 _ 1968년 서울 출생. 2011년 계간 『문학나무』로 등단. 계간 『문학과행동』 편집위원. 여러 권의 공저가 있으며, 저서로 경계선적 문학집 『천국보다 낯선』이 있다.

스마트소설박인성문학상 후보작
임상태

바람

믿음은 바라는 것들의 실상이요 보지 못하는 것들의 증거니
선진들이 이로써 증거를 얻었느니라. (히브리서 11:1~2)

"추워……."

태풍이 오던 날 새벽이었다. 그녀는 얼마 전 산 나의 카디건 속으로 벗은 몸을 숨겼다. 팔월 말이었지만 바닷가 별장에 몰아친 바람은 한기를 뿜었다. 그렇다, 우리는 바람이었다. 언젠간 스치고 지날 사이였다. 나는 그녀가 더욱 치열한 니힐리스트이길 원했다. 영원한 것은 없었다. 그래서 나는 이 뒤끝 없는 사랑에 목을 맨 것이다. 그녀와 나는 적어도 사랑에서만큼은 '지금, 이 순간'만 생각하는 사람들이었다. 문득 신학을 공부하기 위해 이스라엘에 유학하던 시절이 떠올랐다.

"히브리어로 바람을 뭐라 하는지 알아? '하벨hebel'이라고 하지. 원뜻은 '숨', '공기' 등을 뜻하지만 스쳐지나가는 '바람', 즉 헛됨과 공허함과 허상을 속뜻으로 품고 있지."

우리가 지금 피우고 있는 바람도 결국 헛되고 공허하다는 것을 잘 알고 있었다. 그러나 이 공허한 놀이를 멈출 수 없어, 각자의 아내와 남편의 눈을 피해 이 별장으로 피신해 온 것이다. 어쩌면 세상도, 잠시 피해가는 별장 같은 곳이 아닐까하는 생각이 들었다.

"지구 저편엔 태양이 뜨고 있겠지……?"

그녀가 선잠 흘리듯 웅얼거리며 말을 이었다. 정말 그랬다. 비록 지금은 태풍이 몰아치는 어두운 새벽이지만 우리는 끊임없이 태양을 바라고 있었는지도 모른다. 없는 것을 바란다는 것. 그것은 없기 때문에 더욱 욕망하게 되는 것이고, 가정이라는 일상에서는 느껴보지 못한 감정이기에 바람을 피우는 것인지도 모른다. 태풍이 몰아치는 새벽에 태양을 욕망하듯, 지상에서 영원을 꿈꾸며 허상일지도 모르는 이 세상에서 실상일지도 모르는 저 세계를 바라듯이 말이다. 한때 영원을 찾아 몇 번의 동반자살을 시도한 끝에 우리가 느낀 것은, 저 세계로 가는 것조차 결코 우리의 의지대로 되지 않는다는 것이다. 그래서 우리의 반복된 섹스는 진정한 놀이가 아닌 시시포스의 끝나지 않는 형벌에 가까웠다. 이 형벌의 삶이 공허한 '하벨', 말 그대로 '바람'을 피우는 우리의 일상이 된 것이다.

"왜 이렇게 헛헛하지…… 지금 여기에 우리가 진짜 있기나

한 걸까……?"

 대답이 없었다. 잠든 그녀의 눈가에 눈물인 듯 물기가 느껴
졌다. 나는 엄지로 그녀의 눈가를 어루만졌다. 분명 촉촉한 물
기다. 실감(實感)과 존재(存在). 하지만 이곳에 그녀는 없는 듯하
다. 나도 없는 듯하다. 시계 초침소리에 귀를 기울인다. 분명
시간은 흐르고 있다. 멍하니 바람 몰아치는 바다를 바라본다.
시간이 흐를수록 점점 어두워지더니 마침내 바람이 잦아들며
여명이 밝아온다. 초침소리와 눈물의 촉촉함, 나와 그녀를 시
공간 속에서 한없이 느끼려 할 즈음 어스름 새벽 멀리 태양이
떠올랐다.

 항상 멀게만 느껴지던 태양. 둥근 지구와 닮았으나 영원히
소멸하지 않을 빛의 세계. 어쩌면 지구의 배면(背面) 같은 그곳
에 아담과 하와가 살았다는 풍요한 동산이 보이는 듯했다. 지
상에서 보내는 하루 위로 영원의 동산을 느끼며, 감겨가는 내
눈가에도 어느덧 촉촉한 무엇이 어리고 있었다. ✯

장은 남녀의 신음소리를 들으며 깊은 잠에 빠졌다

전혜정 _ 2007년 『문학동네』 신인상으로 등단. 창작집 『해협의 빛』.

장과 안

부부는 늘 아이를 갖기 위해 노력했다. 하지만 결혼 9년차가 되도록 아이는 생기지 않았다. 지난 몇 년 간 끊임없이 주사를 맞고 호르몬제를 처방받고 유명한 산부인과 전문의들에게 시험관아기 시술을 5차례나 받은 뒤에도 임신이 성공하지 못하자, 급기야 수상쩍은 민간요법까지 시도해보았지만 결과는 늘 실망스러웠다. 안은 아이를 갖지 못하는 자신이 반쪽짜리 여자 같다는 생각이 들어서 종종 눈물을 흘렸다. 그럴 때마다 장은 아내를 위로하기 위해 값비싼 선물을 사주고 다정한 위로의 말들을 속삭여주었다.

하지만 일 년 전 이맘때쯤인가, 안이 쇳소리를 내지르며 선물로 건넨 작은 상자를 벽을 향해 내던져버리자 장도 더 이상은 배려심이 들지 않았다. 상자에 든 것은 금목걸이였다. 힘을 세게 주고 잡아당기면 툭 끊어져버릴 듯 얇고 반짝거리는 미러

볼 체인이었다. 장은 퇴근길에 금목걸이를 보석상에 반품했다. 집에 돌아온 장은 안이 여전히 거실 소파에 쭈그리고 앉아 울고 있는 것을 보았지만, 아무 말 없이 샤워를 하고 편한 옷으로 갈아입고는 냉동고에서 얼린 쇠고기 덩어리를 꺼냈다. 핏물이 줄줄 흘러나오도록 살짝 익힌 스테이크를 와인 한 병과 함께 천천히 음미하며 배불리 먹고는 곧바로 잠자리에 들었다.

그 다음 날부터 부부는 딱히 서로 동의하지는 않았지만, 별거를 하게 되었다. 장은 안방에서 안은 거실에서 잠을 잤다. 두 사람은 거의 대화하지 않았다. 일 년 동안 했던 제대로 된 말이라곤 고작, "내일 출장이야."와 "당신 어머니가 또 전화하셨어요." 정도였다. 장의 홀로된 어머니는 자신의 아들을 지나치게 사랑해서 며느리인 안을 은근히 적대시할 지경이었다. 그러나 안은 장의 어머니에게 딱히 나쁜 감정을 내비친 적이 없었다. 장은 안의 이런 태도를 관대하다고 여겼지만, 이즈음엔 혹 무심함이 아닐까 생각하고 있었다.

장이 이제는 어떤 결단을 내려야 하지 않을까를 심각하게 떠올릴 무렵이었다. 막 여름이 시작되던 6월 초였다. 업계에서 꽤 알아주는 구두 디자이너인 장은 자신이 팀장으로 있는 부서의 회식에서 자정을 훌쩍 넘긴 시간까지 술을 진탕 마셔버렸다. 주량이 제법 센 편인 장이 이날 밤 평소보다 훨씬 적게 마셨는데도 불구하고 왜 그렇게 만취해버렸는지 나중에 본인이 생각해도 모를 일이었다. 어쨌든 장은 제 몸도 가눌 수 없는 상태였고, 그래서 팀의 가장 막내인 29살 신입사원이 그를 택시에 태워 집까지 업고 가야 해야 했다. 물론 장은 전혀 기억이 없었고, 나중에 사람들로부터 이 같은 얘기를 전해 들었던 것이다. 새벽에 극심한 갈증을 느끼고 거실의 소파에서 몸을 일으킨 장은 어디선가 들려오는 여자의 가는 신음소리에 잠시 혼란스러워졌다. 소리를 쫓아 어두운 거실을 비틀거리며 걸어가던 장은 안방 문가에 기대서서 그새 어둠에 익숙해진 두 눈으로 침대 위에 뒤엉켜 있는 남녀를 목격했다. 한동안 우두커니 서서 그 광경을 묵묵히 지켜보던 장은 이윽고 주방으로 가 냉장고에서 생수가 담긴 페트병을 꺼내 그대로 입을 댄 채 들이켰다. 다시 거실 소파로 돌아가 누운 장은 남녀의 신음소리를 들으며 깊은 잠에 빠졌다.

그가 잠에서 깨어난 것은 오후 1시가 넘어서였다. 이미 안이 회사에 전화를 걸어 감기몸살을 이유로 병가를 낸 상태였다. 어쩐 일인지 식탁엔 밥과 따뜻한 국이 차려져 있었고, 장은 식사를 한 뒤 숙취로 인해 또 다시 소파에서 잠에 빠져들었다. 세 번째로 잠이 깨었을 땐, 깜깜한 한밤이었다. 왜 이곳에서 자고 있는지 기억엔 도통 없었지만 장은 침대에 누워 있었고, 그의 얼굴 바로 지척에 아내의 벌거벗은 엉덩이가 놓여 있었다.

두 달 후, 안은 산부인과 의사로부터 그토록 바라던 임신을 확인받았다. 그의 아내가 이 사실을 알리려 회사로 전화했을 때, 장은 마침 가장 막내인 신입 사원이 제출한 사직서를 반려

하고 있었다. 손짓만으로 신입사원을 내보내면서 장은 아내에게 오늘은 무슨 일이 있어도 일찍 퇴근하겠다고 대답했다. 수화기를 내려놓은 그의 왼손이 미세하게 떨리고 있었다. ⚡

전 소설 따위를 쓰지 않았어요. 진짜예요. 믿어주세요

홍형진 _ 2010년 『문학사상』에 단편 「섹스파외」로 신인상 수상하며 등단. 현재 한화
투자증권 편집위원. e-mail:h5150@hanmail.net

정말 소설이 아니라니까요!

대체 몇 번을 더 말씀드려야 하는 거죠? 그건 그럴싸하게 지어낸 거짓부렁이 소설이 아니라 티끌만큼의 허구도 없는 사실의 기록입니다. "있는 그대로의 당신을 꾸밈없이 진솔하게 보여주세요."라는 요구사항에 철저히 충실한 대답이라고요. 전거기에 제 이야기를 날조나 왜곡 없이 담았습니다. 한데 어떻게 그걸 타인이 다짜고짜 소설이라고 단정할 수 있죠? 제 삶의 궤적을 온전히 알고 있는 건 저뿐이지 않습니까.

네? 다른 사람들의 글도 전부 제 글과 똑같았다고요? 마치한 명이 쓰기라도 한 것처럼 모두가 똑같은 내용의 글을 써왔는데 그게 죄다 소설이 아니면 뭐냐고요? 아니, 그렇다면 거짓부렁이 소설이라는 낙인을 저뿐 아니라 우리 모두에게 찍으신게로군요. 도무지 납득할 수 없습니다. 상식적으로 생각해보자고요. 우린 같은 회사에 입사하려는 목적으로 같은 질문에 대답한 겁니다. 다들 어느 정도의, 어쩌면 상당한 교점을 갖는 게 차라리 자연스럽지 않아요? 제 말이 틀려요?

아무리 그래도 "살면서 가장 행복했던 때와 불행했던 때를 하나씩 거론하고 그를 통해 느낀 바를 기술하시오."라는 질문에마저 다들 엇비슷한 답을 썼으니 소설임에 틀림없다고요? 이봐요, 지금 그걸 말이라고 해요? 우리가 쓴 건 입사를 위한 자기소개서입니다. 그런 글에 각자의 사적이고도 내밀한 기억을 이야기할 수는 없잖아요. 입사에 도움이 될 만한 경험을 추려서 담아야 할 텐데 그런 구체적인 목적에 부합하는 사례는 그리 많지 않아요. 사실 우리 삶의 주기와 양상이라는 게 다 거기서 거기인데 비슷할 수밖에 없지 않나요? 뭐, 당신이라고 별반 다를까요?

좋습니다. 그렇다면 당신의 요구 그대로 내가 새로 답해보도록 하죠. 제가 살면서 가장 행복했던 때요? 확실히 기억합니다. 마치 문신처럼 제 뇌리에 새겨진 순간이니까요. 인천 월미도에서였어요. 그곳을 오가는 배 위에서 여자친구가 갈매기에게 새우깡을 주며 꺅꺅 소리를 질러대던 때. 그러니까 밝다거나 환하다거나 하는 흔한 수식어로는 감히 표현할 수 없는 얼굴로 저를 바라보던 바로 그때. 전 그 순간 행복이라는 두 글자의 정의가 무엇인지 깨우쳤습니다. 한글을 처음 읽어냈던 때만큼이나 오감이 확 깨는 느낌이었지요.

하지만 정확히 한 달 후 불행의 정의를 깨달았습니다. 그녀가 임신을 했거든요. 그때 우린 둘 다 겨우 스물한 살이었어요. 각자의 삶도 책임지지 못하던 시기였으니 결론이란 빤했죠. 네, 맞아요. 잠시 갈팡질팡하며 티격태격한 후 이내 당연한 수순이라는 듯 아이를 지웠습니다. 그리고 서로의 죄책감을 외면하다가 상처를 안은 채로 갈라섰지요. 날짜 계산을 해보니 아이가 생긴 건 바로 그 월미도에서였던 게 틀림없더군요. 덕분에 깨달았지요. 행복과 불행은 시차를 두고 나란히 찾아오게 마련이니 언제나 표면과 이면을 함께 살펴야 한다는 것을.

어때요? 이 이야기를 썼다면 당신은 제 글을 어찌 평했을까요? 전 확신해요. 입사 자기소개서에 어울리지 않는 이야기라며 바로 넘겨버렸을 거라고. 전 그 글에 입사라는 구체적인 목적에 어울리는 제 경험을 추려서 담았을 뿐입니다. 단지 그 경험의 폭이 타인과 별반 다르지 않았을 뿐이지 거짓을 담은 건 아니어요. 물론 누군가는 어떻게든 입사하기 위해 지어낸 이야기로 채웠을 수도 있겠지요. 어쩌면 그 비중이 꽤나 클지도 모르고요.

하지만 전 아니에요. 전 정말 사실에 근거해서 썼습니다. 그런 제 글까지 싸잡아서 소설이라고 매도할 권리는 당신에게 없어요. 소설이 거짓의 대명사로 자리 잡은 시대에 왜 그런 추잡하고 모욕적인 낙인을 제게 찍나요? 전 소설 따위를 쓰지 않았어요. 진짜예요. 믿어주세요.

정말 소설이 아니라니까요! ⚹

2016년 여름 후보작

알아들어? 이 멍청한 여자야! 내가 누구 때문에 금인 척 해왔는데……

구자명 _ 1997년 『작가세계』에 단편 「뿔」로 등단. 소설집 『건달』 『날아라 선녀』, 짧은 소설집 『진눈깨비』, 산문집 『바늘구멍으로 걸어간 낙타』 『던져진 돌의 자유』 등이 있다. 한국가톨릭문학상, 한국소설문학상 수상.

스마트소설박인성문학상 후보작
구자명

금빛의 조건

　그는 고개를 약간 외로 꼰 채 수그린 이마에 한 손을 얹고 구
석 테이블에 앉아 있었다. 어스름녘 황금빛 잔광이 바로크풍
아치창으로 쏟아져 들어와 그의 얼굴 절반을 지나치게 부각시
켰다. 마치 뮤지컬 '오페라의 유령'에 나오는 반가면을 쓴 팬텀
같은 야릇한 분위기가 연출된 그의 모습에 생각했던 이상으로
혐오감이 치솟는 걸 느낀 그녀는 테이블로 향하던 발길을 돌렸
다. 그는 결코 진실을 말하지 않을 것이다, 그녀는 두근거리는
가슴을 쓸어내리며 도망치듯 그곳을 빠져나왔다.

　카페 맞은편은 소호에서 가장 번화한 유흥가이다. 길을 건너
자 화려한 네온 간판들이 거리의 여인들처럼 다투어 호객을 했
다. 금요일 밤의 소호는 바람난 귀부인처럼 내숭을 던져버리고
자포자기적 해방감으로 들썩인다. 그녀는 그와 함께는 아니지
만 두어 번 가본 적 있는 반지하 업소로 들어갔다. 일본식 선술

집이다. 동양인인 그녀로선 안주를 곁들여 술을 먹을 수 있되, 혼자 앉을 수 있는 바테이블도 있는 이런 곳이 좋다.

지난 주 그들은 뉴욕 메트로폴리탄 미술관에서 열린 19세기 프랑스 미술 전시회에 갔었다. 유명 디자인 스쿨의 광고 디자인과 교수인 그는 같은 학교 석사과정 2년차 유학생인 그녀를 뉴욕 문화에 제대로 적응시켜주겠다는 구실로 틈 날 때마다 미술관으로, 연극과 뮤지컬 공연장으로, 오페라 극장으로, 다국적 맛집들로 끌고 다녔다. 물론 덕분에 이런 저런 사교 모임에서 뉴욕커들의 분방한 대화에 몇 마디씩이라도 끼어들 수 있게 되어 그에게 고마운 게 사실이다. 그런데 그 전시회에서 자크 블랑슈란 화가가 그린 '모차르트의 케루비노'란 유화를 보는 순간 그녀는 문득 그와의 관계가 오래 가지 못할 것 같은 예감이 들었다. 그 그림은 오페라 '피가로의 결혼'에 등장하는 시종 소년 케루비노를 그린 것인데, 그녀는 다른 어떤 요소보다도 그 인물이 입은 금빛 새틴 바지에 깊이 매료되었다. 그 앞에서 자리를 뜨지 못하고 있는 그녀를 보고 다른 그림들을 앞서서 둘러보고 온 그가 물었다.

— 이 그림 어디가 그렇게 마음에 들어?

— 어, 금빛…… 저 소년이 입은 바지의 금빛이 정말 경이롭지 않나요?

— 저 시대 화풍의 기법이지, 뭐. 신고전주의 작가들이 그린

데 능했어.

— 아, 내 말은……화가의 기법이 어떻다기보다 붓 터치가 만들어낸 금빛의 환시(幻視)가 놀랍다는 거죠.

— 환시? 왜 환시라고 하지? 금빛인데, 실제론 아니지만 그렇게 보일 뿐이라는 얘긴가?

— 그렇죠. 자세히 보면 누런색 바탕칠 위에 흰색의 붓 터치가 만들어낸 효과잖아요, 금빛처럼 보이는…….

— 그렇긴 하지. 하지만 진짜 금을 칠한 이 금박액자의 금빛보다 더 금 같지 않아?

— 그건 그래요. 그래도 환시는 환시죠. 떨어져 봤을 때만 그 효과가 유지되는…….

그는 왠지 좀 당혹스런 눈빛으로 그녀를 건너다보더니 평소 그녀에겐 잘 쓰지 않던 뉴욕커 특유의 속사포 영어로 대꾸했다.

— 자긴 너무 실제성에 집착하는 경향이 있어. 건축사 전공이라 그런가? 문화란 건 말이야, 사실 환상의 산물인 게야. 중세의 교회들을 생각해 봐. 면죄부를 팔아서 그렇게 미친 듯이 초호화판 교회 건물들을 짓지 않았다면 오늘날 유럽이고 어디고 문화재랄 게 뭐 그리 남아 있겠어? 거품이 문명을 만들어내는 거지. 환상, 환시, 심지어 착각……뭐 이런 것들이 없었다면 인류 문화는 지금쯤 굉장히 따분할 거야…….

그녀는 그가 그렇게 말하는 걸 들으며 좀 전에 그와의 관계가 머지않아 끝날 것 같다는 예감이 스쳤던 것을 다시 떠올렸다. 그날 밤은 리포트 과제 때문에 바쁘다는 핑계로 그녀는 그와 일찍 헤어졌다. 새로 연 이탈리아 레스토랑에 가서 같이 이른 저녁이나 하고 가라는 제의마저 사양하고 집에 돌아온 그녀는 일기장 겸으로 쓰는 수첩에다 이렇게 적었다. '환시(幻視) 빼기 거리(距離)는 평범.'

그 다음 한 주 동안 그녀가 다니는 대학은 수년간에 걸친 남녀학생 여럿과의 동시다발적인 부적절한 관계로 학교재단 측의 조사를 받게 된 그에 대한 소문으로 온통 난리였다. 종신 재직권 심사를 앞두고 징계처분을 받게 될 처지가 된 그는 소문을 그대로 믿으면 안 된다며 만나서 진실을 알리고 싶다고 전화를 해왔다. 그녀가 지금은 만나고 싶지 않다고 하자 그녀와 첫 데이트를 했던 소호의 카페에서 마지막이라도 좋으니 한 번만 더 보자고 호소해왔다. 2년 전 같은 카페 같은 테이블에서, 같은 시각의 황금빛 잔광을 받으며 그녀에게 구애했던 그는 제국의 운명을 걸고 사랑을 선서하는 로마의 안토니우스처럼 이전의 어떤 남자에게서도 보지 못한 아우라를 발산했었다. 그것은 뭐랄까, 어떤 순정성의 가치 같은 것이어서 그 남자가 외모, 능력 따위 무엇을 얼마나 지녔느냐 하는 소유의 가치와는 다른 것이었다. 그녀는 단번에 그에게 빨려들었고 그 후 두어 해 가까이 그에게 복속되어 행복감을 느꼈다. 그는 아주 교묘하여

한 번도 그녀에게 다른 관계들과의 흔적을 들키지 않았다. 그런데 '케루비노의 금빛 바지'가 그녀에게 해독제와도 같은 각성 효과를 가져 올 줄이야! 그녀가 시선의 거리를 빼기로 마음을 먹는 순간 그의 금빛은 빠르게 빛이 바래기 시작하여 실제로 캠퍼스에서 그 불미스런 소문들을 접했을 때 그녀는 스스로도 이상하리만치 별로 타격을 받지 않았다.

일본식 선술집에서 관자 꼬치구이와 사케를 주문하니 황금색 테두리를 두른 내열 유리잔이 먼저 그녀 앞에 놓였다. 금박을 입힌 것이다. 어둑신한 주점용 조명 아래서 투명한 청주에 반사된 금빛은 매우 아름다웠다. 그녀는 이 거리에 찾아든 많은 여피족 뉴욕커들처럼 의도된 해방감을 느끼면서 황금빛 일렁이는 맑은 술에게 열심히 속말을 걸었다.

너도 알지? 거품과 환상은 그게 얼마나 굉장한 것이든 속성상 언제건 꺼지고 사라지게 마련인 걸. 사실 아까는 빛이 바래버린 그가 가짜여서가 아니라 그 자신이 너무도 경원하는 평범한 본래 면목으로 돌아올 것이 딱해서 한번은 더 만나려 했던거야. 하지만 실제로 카페에서 뭔가 또 자신이 아닌 것을 연출하고 있는 그를 보는 순간 또 다시 금빛을 가장하려는 누렇고 흰 그 평범의 몸부림이 너무 지겹게 다가왔어. 밀착해서 보아도 금빛이 금빛이려면 진짜 금칠을 하는 수밖에 없는데, 그는 어째서 그 간단한 이치를 인정하려 들지 않는 걸까? 거품이고 환상인 것이 인간문명이라고 그는 말했지만 나는 그가 정말로 그렇게 믿는다고는 생각지 않아. 문명의 기조를 이루는 건 그냥 누렇고 흰 평범들인 거야. 그걸 특별하게 보이게 하려고 금빛으로 가장하는 게 그의 분야이기 때문인가……

뉴욕 소호의 선술집에서 연거푸 석 잔의 술을 독작한 동양인 여자가 취해서 비틀거리며 자리에서 일어섰을 때 그녀 곁에 다가서는 백인 남자가 있었다. 일그러진 미소를 지으며 그녀를 부축하려는 몸짓을 했지만 그를 알아본 여자는 그 손길을 뿌리쳤다. 불안정한, 그러나 단호한 걸음새로 그를 지나쳐 업소를 빠져나가는 여자 뒤를 남자가 황급히 쫓아갔다. 남자는 마치 여자의 취중 속말을 듣기라도 한 듯 걸음만큼이나 빠른 뉴욕커 영어로 소리쳤다.

그래, 자기 말이 맞아. 가까이 보아도 금빛이 금빛이려면 진짜 금을 칠해야 하겠지. 하지만 진짜 금을 칠한 것이 우리 눈에 더 찬란하진 않아. 그래서 우린 때로 진실을 제쳐두고 아름다운 거짓을 선호하는 거라고. 금보다 더 찬란한 금빛을 얻기 위해선 어쩔 수 없어……. 알아들어? 이 멍청한 여자야! 내가 누구 때문에 금인 척 해왔는데…….

뉴욕의 노란 택시들은 눈치가 빠르다. 그들은 밤중에 길에서 옥신각신하는 커플이 있을 때 어떻게 해야 자신의 직업윤리가

스마트소설박인성문학상 후보작
구자명

제대로 실현된다는 것을 안다. 이럴 때 택시의 노란 색은 황금 빛이 된다. 적어도 이날 밤 그녀가 탄 뉴욕 택시는 금빛의 조건을 충족했다. 잠시 동안이지만 거의 완전하게. ✶

그것은 신도 알 수 없고 누구도 가르쳐줄 수 없다. 가다가 스스로 깨닫게 되겠지

김병덕 _ 2007년 『문학나무』 여름호 신인작품상에 소설 당선. 현재 상명대, 중앙대에서 강의. 지은 책으로는 『지식인의 언어생활』 『한국소설에 나타난 일상성』 『제3세대 한국소설의 풍경』 등이 있다. e-mail:topnp@naver.com

애들아, 미안타

볕 좋은 사월의 마지막 주, 날씨만큼이나 강의실 분위기도 화사했다. 지난주에 치른 중간고사 성적과는 별개로 학생들은 시험 후의 홀가분함과 늦봄의 정취를 만끽하는 분위기였다. 마침 산허리께에 자리한 학교의 교사 뒤로는 산정(山頂)으로 진입하는 몇 군데의 소롯길이 있어 만춘의 흥을 즐기기에 부족함이 없었다. 어디 봄뿐이랴, 산 바로 아래의 학교에 들어서면 자연이 내뿜는 청신한 향내와 청량한 공기를 사계절 내내 마음껏 향유할 수 있다. 천혜의 환경에서 공부하는 학생들이 그 특혜를 누리는 것은 어쩌면 당연한 의무로까지 생각될 정도이다.

나른한 봄빛을 놔두고 허겁지겁 수업에 들어온 학생 하나가 '야외수업'을 제안했다. 산만한 덩치의 복학생이었다. 평소 진지를 사수하는 철통 신병의 긴장된 눈빛으로 수업에 임하던 그에게서 자연과 교감하고픈 감성을 찾아내기란 솔직히 어려웠다. 그러나 연이어 터지는 나머지들의 동의에 이미 판세는 기울어졌다. 그는 교수의 결단을 기대하며 연신 재잘거리는 좌중의 학생들을 한번 둘러보았다. '헬조선'에서 'N포 세대'로 살아가는 그들은 힘들다. 아무리 '노오오력'을 하고 기가 막힌 '자소설'을 써도 태생이 '흙수저'인 이상 '금수저'를 따라잡기 어렵다. 그럼에도 그들은 '열정 페이'를 거부할 수도 없다.

열악한 현실의 그들에게 줄 수 있는 작은 선물중 하나가 '야외수업'일 수도 있다. 철인 아리스토텔레스도 나무 그늘을 거닐며 강의를 하지 않았던가? 장자는 세속에 살 되 거기에 지배받지 않는 자유와 정신적 안위를 소요로 설명하지 않았는가? 그들에게 지인(至人)의 풍모를 맛보게 하리라. 그는 그런 의도로 학생들의 의견을 따랐다.

서른 명의 학생들과 나선 학교 산책 및 수업은 더없이 좋았다. 일종의 구속일 수도 있었던 강의실의 밖, 그들의 표정은 놀랍도록 환했고 목소리는 지저귀는 새소리마냥 또렷했다. 평소 무표정으로 일관하던 복학생들의 얼굴도 제법 밝게 빛나고 있었다. 그는 산 아래 너른 공터에서 오늘의 강의 개요에 대해 간단히 설명했다. 이 빛나는 자연 앞에서 더 이상의 말은 사족일 뿐이었다. 대신 그는 학생들에게 한 시간 삼십 분 후에 이 자리에서 다시 만나자고 했다. "와—" 하는 함성과 함께 학생들이 흩어졌다.

그들은 저마다 자기만의 길을 찾아 인생의 산책길을 나설 것이다. 경우에 따라 삼삼오오 함께 할 수도 있을 터이다. 그는 지류처럼 갈라진 그들의 뒷모습을 오랫동안 지켜보았다. 그들이 향하는 산책로 중, 어느 길이 맞는지는 아무도 모른다. 그것은 신도 알 수 없고 누구도 가르쳐줄 수 없다. 가다가 스스로 깨닫게 되겠지. 이상이 생기면 방향을 전환하겠지. 뚝심으로 끝까지 가던 길을 고집하는 이도 있겠지. 그런 생각을 하며 그는 산의 너른 품으로 한걸음을 옮겼다.

산의 품안으로 발길을 재촉하다 그는 날카로운 비명을 들었다. 진원지가 어디인지는 정확히 알 수 없었다. 그는 정신을 집중하고 귀를 기울였다. 다시 소름끼치는 괴성이 울렸다. 그는 얼른 소리가 나는 쪽으로 방향을 틀었다. 완만한 경사의 산길을 허겁지겁 오르니, 그가 가르치는 학생들 서넛이 울부짖으며 소리를 질러대고 있었다. 한 여학생이 그의 손을 움켜쥐고 다른 학생을 가리켰다.

"쟤는 사람이 아니에요. 저 뾰족하게 갈린 송곳니 보이시죠?"

이번에는 다른 남학생이 먼저 말을 한 여학생에게 소리를 질렀다.

"쟤야 말로 잔혹한 짐승이에요. 고기를 찢어발기느라 얼굴에 묻어 있는 저 선명한 핏자국을 보세요."

남학생은 겁에 질린 얼굴을 감싸 쥐고 외쳤다. 영문조차 모르는 터라 그는 상황을 어떻게 수습해야 할지 난감했다. 그때였다. 또 어딘가에서 예의 기성이 메아리쳤다. 그는 다시 그쪽으로 뛰어갔다. 거기에 먼저의 학생들이 했던 기이한 풍경이 펼쳐지고 있었다. 한 학생은 아예 땅에 얼굴을 박고 엎드린 채 눈물을 쏟아내고 있었다. 그 곁에서 으르렁거리는 한 학생의 표독스런 눈빛에 그는 움찔했다. 무슨 연유로 학생들이 이러는지, 무엇을 어떻게 손을 써야 할지 곤혹스러웠다. 아아, 그리고 또 이곳저곳에서 산을 연신 울리는, 야생동물들의 날선 울음과도 같은 기성……

우선 그는 눈에 띄는 학생들을 강의실로 되돌려 보내기로 했다. 맹수들의 투전장과 다름없는 분위기였으나 학생들은 다행히 그의 말에는 고분고분했다. 그는 심장을 쥐어뜯는 듯한 소리가 나는 쪽으로 서둘러 이동하며 학생들을 지도했다. 하산하는 그들은 직립보행이 아니라 진짜 산짐승처럼 네 발로 뛰어 내려가고 있어 그는 또 아연실색했다.

학생들을 겨우 강의실로 돌려보내고 그는 터벅터벅 산길을 내려왔다. 걸을 힘조차 없었으나, 어쨌든 수업을 마쳐야 했다. 하산 길에 그는 아까 울음보를 쏟아내던 학생을 만났다. 학생은 걷는 것도, 기는 것도 아닌 어정쩡한 자세로 몸을 움직이고 있었다. 그를 본 학생은 또 울음보부터 쏟아내며 말을 덧붙였다.

"즐겁게 산에 오르다 삼성, 공무원, 임용고시 얘기가 나왔어요. 그때부터 다들 핏대를 올리고 서로 이빨을 갈며 으르렁거렸어요. 그게 다예요."

  강의실에 학생들은 전원 모여 있었다. 그로서는 뭐라 딱히 할 말이 떠오르지 않았다. 아니 말이 떠올랐어도 아무 말도 할 수 없었을 터였다. 얌전한 자세로 의자에 앉아 있는 학생들의 얼굴이 저마다 한 마리의 포악한 맹수의 얼굴을 하고 있었기 때문이었다. 먹잇감의 숨통을 단숨에 끊어버릴 것 같은 이빨, 일격에 상대의 심장까지 뚫고 들어갈 날 선 발톱, 육식의 흔적으로 남은 얼굴의 핏물. 그들은 한 마리 야생동물들이었다.

  그럼에도 그는 겨우 기운을 내 한마디 던지고 고개를 숙였다.

  "미안하구나, 정말. 너희들에게."

  학생들은 한동안 웅성거리다 하나둘씩 강의실을 나갔다. 북향의 강의실에 이 휘황한 봄의 빛살은 좀처럼 들지 않고 있었다.

나는 J의 얼굴을 오래 쳐다보았다. 너 없는 내 삶이 궁금해, 말하고 싶었지만 입을
열지는 않았다

김서령 _ 1974년 경북 포항 출생. 중앙대학교 문예창작학과 졸업. 2003년 『현대문
학』 신인상으로 등단. 소설집 『작은 토끼야 들어와 편히 쉬어라』 『어디로 갈까요』, 장
편소설 『티타티타』, 산문집 『우리에겐 일요일이 필요해』, 번역집 『빨강머리 앤』, 테마
소설집 『피크』 『캣캣캣』 등. 대산창작기금, 신진예술가지원기금, 문예진흥기금, 서울
문화재단창작기금, 아르코문학창작기금 등 수혜.

우리가 헤어질 수 있을까

"헤어지자고? 우리 말야?"

J의 눈이 동그래졌다. 그러고는 아주 약간, 갸웃한 표정을 지었다. 나는 가만히 입 다물고 앉아 있었다.

"왜?"

그가 물었다. 나는 열 가지도 넘는 이유를 미리 연습해 두었지만 입이 잘 떨어지지 않았다. 내가 준비한 그 어떤 대답도 그다지 설득력이 없었기 때문이었다. "너랑 결혼을 한다면, 네가 출근한 동안 너의 그 사나운 개와 둘이 지내야 할 텐데, 난 그러고 싶지 않아"라고 내가 말을 한다면 그는 망설이지도 않고 "그럼 개는 엄마집에 보낼게" 할 것 같았고 "일주일에 두 번씩, 두 시간씩 세차를 하는 너를 이해할 수가 없어"라고 말을 한다면 "응, 안 그럴게" 할 것 같았기 때문이었다. "니네 엄마는 왜 자꾸 나한테 들기름이 어디 있는지 전화해서 묻는 거야?" 그렇

게 따지고 싶었지만 그건 너무 웃기는 일 같았다. 실제로 J의
어머니는 걸핏하면 내게 "애, 우리 집 들기름 어디다 뒀는지 너
봤니? 아이참, 그때 다 까둔 마늘은 또 어디다 뒀더라" 하셨다.
오래 연애를 했다고 어쩌다 들르는 남자친구 어머니 집 들기름
있는 자리를 안다는 게 더 이상한 일 아닌가 말이다. 나는 그런
전화를 받을 때마다 짜증이 치밀곤 했다. J는 대꾸를 못하는
나를 한참 쳐다보다 말했다.

"헤어지잔 얘길 왜 여기까지 와서 해?"

나는 문득 생각난 사람처럼 주변을 둘러보았다. 그래, 이상
하다. 왜 헤어지자는 이야기를 여기까지 와서 하는가. 우리는
여름휴가를 당겨서 내느라 상사들의 눈칫밥을 잔뜩 먹었고 싼
베트남 항공권을 구하느라 무척이나 애를 먹었다. 여기는 베트
남 중부의 다낭이었다. 숙소에서 15분쯤 걸어가면 바다가 나오
는 부산 광안리 뒷골목 같은 곳이었다. 허허벌판을 다져 모텔
과 주택들을 짓기 시작한 지 그리 오래된 것 같지 않았다. 두
집 쯤 지나면 모텔 한 채, 그리고 손님이 없는 레스토랑 한 채,
그리고 빈 땅, 또 두 집 쯤 지나 모텔 한 채, 레스토랑 한 채, 빈
땅, 그런 식이었다. 빈 땅 몇 곳에는 대충 판자로 벽을 세우고
천막으로 지붕을 두른 포장술집들이 서 있었다. J와 나는 조금
전 포장술집 한 곳에 자리를 잡은 참이었다. 우리가 예약한 모
텔의 주인은 40대 중반으로 보이는 한국인 남자였다. 하나뿐인
베트남인 종업원을 함부로 대하는 꼬락서니나 망고 서너 개 꺼

내놓고 우리 앞에서 베트남에서의 성공담을 떠벌리는 본새가
마뜩찮아 밤산책을 나온 것이었다. 휑한 1층 로비의 테이블에
앉아 마냥 떠들던 모텔 주인은 아예 우리를 따라나설 기세였
다. 새침한 표정을 몇 번 지은 후에야 그는 주섬주섬 챙겨입었
던 점퍼를 도로 벗었다. 3층짜리 모텔의 손님은 우리뿐이었다.
심심해 죽을 것 같은 얼굴을 하고 모텔 주인은 우리를 배웅했
다.

포장술집은 나지막한 테이블 몇 개에 목욕탕에서나 쓸법한
플라스틱 의자를 놓아둔 곳이었다. 수줍은 얼굴을 한 주인여자
가 메뉴판과 해바라기 씨앗이 담긴 작은 종지를 내왔다. 물론
메뉴판은 무용지물이었다. J나 나나 베트남어는 단 한 마디도
할 줄 몰랐고 주인여자는 영어를 단 한 마디도 할 줄 몰랐다.
우리는 조그만 목욕탕 의자에 앉아 그저 여자를 쳐다보며 웃었
다. 맥주 달란 소리도 통하지 않는 상황이 어처구니없었기 때
문이었다. 여자도 푸푸 웃음을 터뜨렸다. 그때 구석자리에서
혼자 술을 마시고 있던 남자가 슬쩌기 우리에게 다가왔다. 자
신이 먹던 접시를 들고서였다.

접시에는 그가 발라먹던 생선구이가 놓여 있었다. 무어라 설
명을 하는 것을 보니 이 생선구이가 제일 맛있는 거다, 운운하
는 모양이었지만 생선의 생김새가 지나치게 요상했다. 내가 난
감한 얼굴을 하자 남자는 접시를 내려놓고 이번에는 술집 안쪽

주방으로 걸어들어갔다. 그러고는 양손에 양동이 두 개를 들고 나왔다. 양동이 안에는 이 술집에서 팔고 있는 온갖 해산물들이 가득 담겨 있었다. 내 손바닥 만한 조개부터 집게발이 커다란 바닷게, 뱀처럼 꼬물거리고 있는 물고기와 소라들까지. 오지랖 넘치는 남자는 한 개 한 개 손으로 들어보이며 열심히 설명을 했다. 한 마디도 이해할 수 없다는 것을 알면서도 그는 떠들었고 또 그가 한 마디도 이해할 수 없다는 것을 알면서도 우리는 대꾸를 했다. 무언가를 고르긴 해야 했다. 선풍기도 없는 더운 밤, 낯선 여행객을 위해 이토록 성의를 다하는 그를 실망시킬 수야 없었다. J와 나는 조개를 가리켰다. 결정이 끝나자 주인여자와 손님 남자, 그리고 우리는 다들 웃어보였다. 이마로 땀이 조록 흘렀다. 남자는 커다란 종이박스도 질질 끌어다 우리 곁에 놓아주었다. 다 찢어진 박스 안에는 맥주캔이 가득 들어있었다. 그리고 얼음 양동이. J가 플라스틱 컵에 얼음을 담고 그 위로 미적지근한 맥주를 부었다. 달았다.

잠시 후에 주인여자가 내온 조개탕은 그야말로 끝내줬다. 커다란 대접에 담긴 숱한 조개와 아주 진한 국물이었다. 푸르고 가는 이파리가 동동 떠 있었다.

"레몬그라스야."

내가 아는 척을 했다.

"레몬그라스를 넣고 조개탕을 끓이면 이런 맛이 나는구나. 멋진데!"

J도 감탄을 했다. 아마 다른 재료는 들어가지 않았을 것이었다. 비릿하고 짭쪼름한 조개국물에 그저 레몬그라스만 넣은 조개탕을 몇 숟가락 뜨자 그만 마음이 다 노곤해지고 말았다. 그러자 하고 싶은 말들이 떠올랐다. 오래 참고 오래 묵혔던 말들이었다. 나는 사실 J와 헤어지고 싶었던 것이다. J와 헤어질 만큼 그를 사랑하지 않는 것도 아니었지만 그렇다고 J와 결혼을 할 만큼 깊이 사랑하는 것 같지도 않았다. 나는 J 없이 살아보고 싶었다.

J는 대꾸를 못하는 나를 한참 쳐다보다 말했다.
"다들, 우리처럼 살지 않니?"
"우리처럼 사는 게 뭔데?"
내가 물었다. 정말 궁금해서 물은 거였다.
"우리만큼…… 적당히 사랑하고 그래서 결혼하고."
J는 그렇게 대답했지만 스스로도 미덥지 않은 모양이었다. 고개를 외로 틀며 살짝 미간을 찌푸린 걸 보면 말이다. 거봐, 우리는 둘 다 자신이 없으면서 자꾸 무언가를 선택하려고만 하잖아. 그 말까지는 하지 못했다. 7년을 넘게 만난 연인이 막 내뱉을 소리는 아닌 것 같았다. 그건 너무 예의없는 짓이었다. J도 그렇겠지만 지나간 7년이 아쉬워서 못 헤어지는 것이 맞는지, 앞으로 더 나은 인생이 기다리지는 않을 것 같아서 그냥 같이 사는 게 맞는지 나는 알 수가 없었다.

조개탕 국물이 하도 진해서 나는 오래 전 그 식당이 떠올랐
다. 헤아려보자니 내가 스물여섯 살이었다. 대학을 졸업하고
방송국 입사시험에 연거푸 떨어졌던 내가 마음을 다잡고 공부
를 좀 해보겠다며 고향집으로 내려가 있던 때였다. 공부는 금
방 접었다. 돈이 덜 드는 고향도시의 국립대학에 진학하라는
성화를 단칼에 자르고서 기어이 서울의 사립대학으로 갔던 외
동딸이 하릴없는 백수가 되어 내려온 것을 엄마는 참아내지 못
했다. 해가 뜨기 전에 가방을 싸들고 독서실에 갔다가 해진 후
에야 돌아왔지만 그래도 자꾸만 동네 어른들과 마주쳤다. 아이
참, 이 동네 아줌마들은 왜 자꾸 해 떨어진 뒤에도 돌아다니는
거야. 나는 안부를 묻는 어른들을 견딜 수 없어 투덜거렸고 엄
마는 남부끄러워 살 수가 없다며 짜증을 부렸다. 별 수 없었다.
나는 고향도시 방송국에 작가로 취업을 했다. 몇 해 동안 공부
했던 PD직도 아니고 작가라니. 글도 쓸 줄 몰랐고 쓸 생각도
없었다. 나를 떨어뜨리지 않은 지역방송국 간부들을 도무지 이
해할 수가 없었다. 대충 출퇴근을 했다. 머리통을 긁적이며 원
고를 채우면 서른두 살 PD가 적절히 고쳐가며 프로그램을 만
들었다. 근처 재래시장 특집도 만들었고 지역도서관 개관 행사
같은 프로그램도 만들었지만 내가 원고를 무어라 썼는지는 단
한 줄도 기억나지 않는 시절이다. 일을 끝내고 나면 들렀던 방
송국 앞 돼지갈비집만 또렷할 뿐이다.

1인분에 2500원이던 돼지갈비집은 턱없이 넓었다. 구두를

벗고 들어가야 하는 식당이었는데 어쩌면 이렇게나 손님이 없을까 싶던 곳이었다. 조리대 앞쪽에 커다란 전기밥솥이 있었다. 그 앞에 앉아 스테인리스 밥공기를 쌓아놓고 한 그릇 한 그릇씩 퍼담던 젊은 주인여자는 나와 동갑이었다. 통통하고 둥근 얼굴처럼 눈도 통통하고 둥글었다. 키가 작고 촌스러웠지만 예뻤다. 우리 팀은 PD와 나, 둘 뿐이어서 늘 둘이 앉아 돼지갈비 2인분에 소주를 마셨다. 매일 저녁 가다보니 심심했던 주인여자가 가끔 계란찜 따위를 공짜로 내어주었고 또 같이 앉았다. 손님이 드물어 숯불을 나르던 그녀의 남편 혼자 식당을 보아도 별 문제가 없었다. 우리는 자주 같이 앉아 소주를 마셨고 나중에는 나 혼자 들러 그녀와 단둘이 소주를 마시기도 했다. 일도 별로 없었지만 식당 문을 닫은 그녀와 홀가분하게 술을 마시고 싶어서 일부러 야근을 하기도 했다.

그녀에게는 네 살배기 아들이 있었다. 아이를 맡길 데가 없으니 식당 한켠에 조그만 전기방석 두 개를 나란히 깔고 장난감과 과자 한 봉지 쥐여준 채 재우곤 했다. 녀석은 참 잔망스럽게도 이 가게 저 가게, 동네를 돌아다니며 참견질을 했다. 옆집 커피숍에 들러선 문 빼꼼히 열고 여주인에게 "이모야, 오늘 장사 좀 했나?" 묻기도 하고 공짜로 아이스크림도 얻어왔다. 식당 금고에 손을 대다 제 아빠에게 잔뜩 엉덩이를 맞기도 했다. 그 후 그녀의 남편은 금고 대신 나무 돈통을 만들었다. 잔돈만 빼고 지폐는 자물쇠 달린 나무 돈통에 넣기 시작한 거였다. 요

녀석이 젓가락에다 본드를 발라 구멍으로 지폐를 꺼낼 줄은 생
각도 못하고 말이다. 식당은 밤 열한 시가 되어야 마감을 시작
했고 뒷정리를 다 끝내고 나면 열두 시 반, 한 시였다.

"나가자. 조개집 맛있는 데 있다."

그녀는 유독 사투리가 심했다. 나는 주섬주섬 가방을 들고
그녀를 따라나섰다.

"니네 가게에 술도 있고 고기도 있는데 뭐하러 돈 주고 딴 델
가?"

"지랄한다. 가시나. 장사 해봐라. 내가 술 꺼내묵고 내가 안
주 만들고 하는 게 젤 싫다. 나도 남이 채려주는 거 먹을란다."

식당 문을 걸어잠근 그녀의 남편은 아이를 받아안지도 않고
금세 사라졌다. 당구장이라도 가는 모양이었다. 그러고보면 그
숱한 밤, 그녀의 남편은 한 번도 아이를 봐주지 않았다. 잠든
아이를 들쳐업는 건 언제나 그녀 몫이었다.

그때 그녀를 따라갔던 그 조개집.

조개집 의자가 편할 리 없어서 좁다란 벽쪽 붙박이의자에 아
이를 누인 뒤 그녀는 재킷을 벗어 아이를 덮어주었다. 바닷것
들이라면 빠짐없이 좋아해서 온 도시 돌며 조개구이를 먹어봤
지만 어처구니없게도 가장 맛있었던 집이 바로 바다와는 상관
도 없는 내륙도시의 그곳이었다. 조개구이라면 보통, 껍데기
한쪽 떼어내고 불판 위에서 자글자글 구운 다음 장갑 낀 손으

로 주워먹는 법이지만 그 집은 조금 달랐다. 갖가지 조개들을 불판 위에 얹고, 불판 한 귀퉁이에는 밥공기가 하나 놓였다. 갈비살을 넣고 끓인 고깃국물에 매운 청양고추를 잘게 다져넣은 것이었다. 조갯살이 익고 밥공기에 반쯤 채워넣은 고깃국물이 보글보글 졸기 시작하면 껍데기에 고이기 시작한 조갯물을 부어 양을 채웠다. 그리고 조갯살을 먹기 좋게 잘라 국물에다 퐁당 넣었다. 소금간은 당연히 필요없었다. 조갯물이 들어가니까. 국물은 계속 졸고, 조개껍데기에 고인 국물을 또 부어주었다. 그러면 우리가 평소 먹는 조개탕 국물의 삼백 배쯤 진해진 맛이 났다.

조개탕 국물을 떠먹으며 소주 한 잔 한 잔 들어갈 때마다 그녀는 한숨도 쉬었고 때로 울기도 했고 욕도 했다.

"그 새끼가 그래 쫄랐다 아이가. 잠깐만 쉬었다 가자고. 내 스물한 살 때. 내 그 여관 이름 아직도 기억난다. 나도 알긴 알았지. 그게 무슨 말인지. 속았다는 게 아이라 괘씸하잖아. 지랑 내랑 아홉 살 차이 아이가. 지도 양심이 있으면 그래 어린 가시나는 건드리지 말아야지. 안 글나? 이기 뭐꼬. 사는 게 힘들어 죽겠다. 내보다 공부 몬하던 가시나들도 지금 다들 잘 사는데."

네 살 아이는 종종 뒤척였고 그럴 때마다 그녀는 재킷을 고쳐 덮어줬다. 그러면 옆 테이블에 앉은 남자들이 얼굴을 찌푸렸다.

"그래도, 니도 봐서 알겠지만 우리 수야 아빠가 잘 생겼다 아이가. 내 솔직히 그거 하나 땜에 산다. 그냥 보면 흐뭇한 기라. 아, 저 남자가 내 남편이구나, 하면 기분도 좋고. 옛날에 회사 댕길 때 가시나들이 수야 아빠만 보면 환장했었다."

나는 그녀의 남편이 그다지 잘생긴 얼굴이라 생각하지 않았지만 끄덕여 주었다. 그렇게 둘이서 소주 두 병쯤 비우고 그녀는 다시 아이를 들쳐업었다. 택시를 타고 돌아오는 길에 그녀는 멀리 보이는 모텔 간판을 가리키며 막 소리를 쳤다.

"저기다! 저기 아이가. 수야 아빠가 내 끌고 갔던 데. 미친 새끼. 잠깐 쉬었다 가자고 해놓고."

나는 기사의 곁눈질에 얼굴이 달아올라 빠르게 응응, 대꾸를 했다. 목소리 좀 낮출 것이지.

나는 지역방송국 생활을 곧 접었다. 지루해서 죽을 것 같았기 때문이었다. 엄마에게 욕을 한 사발 먹고 서울로 돌아왔지만 그렇다고 다시 방송국 PD 시험을 보기는 암담해서 아무 회사에나 들어갔다. 잠시일 것이라고 생각했지만 그렇지 못했다. 나는 10년 가까이 한 회사에 다니는 고루한 여자가 되었다. 그리고 7년을 한 남자와 연애를 했고.

베트남의 조개탕 국물에 감탄을 하느라 J와 나는 잠깐 하던 이야기를 잊고 있었다. 그러고는 다시 그 이야기를 꺼낼 짬을 찾지 못했다. 그랬다가는 분위기가 도로 굳어질 것이고 조개탕을 허겁지겁 떠먹지도 못하게 될 것이고 아, 맥주 맛 좋다, 말

을 뺄기도 무안해질 것이었다. 하기는, 그런 걱정을 하느라 나
는 그동안 J에게 헤어지잔 말을 한 번도 하지 못했다. 벼르고
벼르다 이제야 겨우 꺼낸 말이었다. 야근이 잦은 요즘은 서로
피곤하니까, 다음주는 J의 생일이니까, J가 몸살이 났으니까,
연말정산으로 내 머리가 아프니까, J의 개가 요사이 사료를 잘
안 먹으니까 등등의 이유를 들어 내내 미루어왔다. 오늘에야
겨우 어렵게 말을 꺼냈는데.

새벽의 조개구이집에 아이를 뉘여놓고 재킷으로 덮어준 뒤
엉덩이를 두들기며 차가운 소주 한 잔 들이켜던 그때의 시간들
이 겨드랑이를 간질이는 느낌이 들었다. 그때에도 나는 무언가
를 견디고, 지키고, 도닥이던 기분이었다. 견디고, 지키고, 도
닥이고 있는 것이 정작 무엇인지 모른다는 것은 그때나 지금이
나 마찬가지다. J는 말과 표정을 한꺼번에 아끼고 있었다. 그
도 나와 다르지 않을 것이었다. 헤어지기 싫다고 말은 하지만
제가 정말 그런지는 알 수 없다는 얼굴. 무엇을 버리고 무엇을
가져가야 하는지 알 수 없다는 고갯짓.

우리는 번갈아 조개탕 대접에 숟가락을 담갔다. 한국에 돌아
가면 레몬그라스를 키워봐야지. 그래서 이런 조개탕을 끓여봐
야지. 그때에도 우리가 함께 조개탕을 떠먹게 되는지는 모르겠
지만 말이다. 더 말을 않는다면 우리는 내일 아침 이르게 바다
산책을 나가게 될 것이었다. 그리고 헤헤 웃으며 백사장을 뛸
테고 며칠을 두고 고른 비키니를 입고 물속에 첨벙 뛰어들 것

이다. 헤어지니 마니 이야기를 계속하게 된다면 아마도 남은 여행 기간 내내 무르춤한 얼굴을 하고 에어컨이 잘 돌아가는 커피집이나 찾아다니며 짧은 한숨을 쉬겠지. 물론 그러고도 서울로 돌아가는 비행기 안에서 서로의 어깨를 베고 잠이 들고 깨다를 반복하다 미안하단 사과 한 마디에 또 아무 일 없었단 듯 지내게 될는지도 모르지만 말이다. 나는 J의 얼굴을 오래 쳐다보았다. 너 없는 내 삶이 궁금해, 말하고 싶었지만 입을 열지는 않았다. J도, 할 말이 있으면 하라는 말을 나에게 건네지 않았다.

응. 가자. 쑥떡 먹으러. 남쪽으로. 그러니까 일어나

김이은 _ 1973년 서울 생. 2002년 『현대문학』으로 등단. 『마다가스카르 자살예방센터』 『코끼리가 떴다』 『어쩔까나』 등의 소설집과 장편 『검은 바다의 노래』를 펴냈고, 그 외에 『부처님과 내기한 선비』 『날개도 없이 어디로 날아갔나』 등을 지었다.

농담과 레볼루션, 그 사이 어딘가

남 또는 여: 누워 봐.

여 또는 남: 왜?

남 또는 여: 너 계속 쭉 서 있었잖아. 그러니까 이제 누워 봐.

여 또는 남: 왜 그래야 하는데?

남 또는 여: 아 쫌. 그냥 반대로 해보자고.

여 또는 남: 반대로 해 보자고?

남 또는 여: 아니 그런 말이 아니고…. 알잖아.

여 또는 남: 뭘?

남 또는 여: 서 있느라 힘들었잖아.

여 또는 남: 눕는 건 쉬는 거지. 멈추는 거잖아. 나 바빠.

남 또는 여: 아니야. 누가 그래? 눕기의 목적이 재충전만은 아
니야. 누워서도 뭐든 할 수 있어.

여 또는 남: 뭘? 시간 낭비하는 거 말고 뭘 할 수 있는데?

남 또는 여: 옛날에는 누워서 다 했어. 먹고 자고 사람들 만나고 일하고 사랑하고. 지금도 어디서는 누워서 다 하지. 심지어 누워서 할 수 없는 모든 일은 아무런 가치도 없다고 주장한 사람도 있어.

여 또는 남: 거짓말. 누워서 뭐하려고. 응큼해.

남 또는 여: 네가 더 이상하다. 눕는 게 이상한 거라는 건 어디서 배웠어?

여 또는 남: 아무데서나 눕지 말라고 배웠지.

남 또는 여: 누구한테 배웠는데?

여 또는 남: 왜 이래? 나 이래뵈도 정규교육 십육 년에 유치원, 어린이집까지 포함하면 거의 이십 년을 배운 사람이야.

남 또는 여: 그게 문제일까?

여 또는 남: 왜?

남 또는 여: 하나같이 너처럼 생각하잖아. 누워서 안 일어나고 누운 채로 뭘 좀 하면 게으르고 실패한 사람이라고.

여 또는 남: 뭔 말이야?

여 또는 남: 그건 그렇고 이거 좀 읽어줘. 너무 어렵니?

남 또는 여: 이게 뭔데?

여 또는 남: 이번 호에 실을 원고.

남 또는 여: 너를 사랑해.

여 또는 남: 이러기야? 좀 자세히 읽어봐. 다 읽기는 읽은 거

아?

남 또는 여: 난 그냥, 너를 너무 사랑해.

여 또는 남: 다시 쓸까?

남 또는 여: 한 번 빨아줘.

여 또는 남: 넌 왜 이렇게 무식하니?

남 또는 여: 너무 힘들어.

여 또는 남: 한 문장씩 설명해줄까?

남 또는 여: 시계 하나 사려고 인터넷 뒤지고 있는데 등이 너무 가려워.

여 또는 남: 야!

남 또는 여: 이거 어때? 이 시계.

여 또는 남: 이뻐.

남 또는 여: 잘 좀 보고 말해라. 너도 잘 판단이 안 되지?

여 또는 남: 그럼 너도 판단이 안 된다는 거야?

남 또는 여: 자꾸 너, 너 할래?

여 또는 남: 어디가 어려운데?

남 또는 여: 왜 이렇게 비싸냐? 여기, 등 좀 긁어줘.

여 또는 남: 휴. 배고파.

남 또는 여: 참아. 살쪄.

여 또는 남: 응?

남 또는 여: 아, 참. 너 살찌고 싶댔지. 그럼 먹어.

여 또는 남: 짜증나. 배고파 어지러워서 아무 것도 못하겠어.

남 또는 여: 너무 오래 서 있어서 그런 거야. 근데 빨아줘.

여 또는 남: 너 진짜? 내려!

남 또는 여: 뭐?

여 또는 남: 빨아달라며? 바지 내려.

남 또는 여: 여기서? 됐어. 삐졌어.

여 또는 남: 왜?

남 또는 여: 그냥. 삐졌어.

여 또는 남: 배고파.

남 또는 여: 먹어라, 먹어. 돼지 되라.

여 또는 남: 내가 돼지 되면 어쩔래?

남 또는 여: 좋지, 뭐.

여 또는 남: 뭐가 좋아?

남 또는 여: 맨날 배고프단 소리 안 들어서 좋지. 밥값도 덜 들 테고.

여 또는 남: 야, 살찌면 더 많이 먹지.

남 또는 여: 아, 그래? 그럼 안 돼. 이 시계 졸라 이쁘다. 근데 겁나 비싸네.

여 또는 남: 저기 봐. 저 사람들 우리보고 쑥덕거리잖아.

남 또는 여: 쑥떡? 쑥떡 먹고 싶네. 울 엄마가 봄이면 쑥 뜯어다가 시골서 올라온 찹쌀로 쑥떡 만들어줬는데.

여 또는 남: 뭔 소리야?

남 또는 여: 근데 서울하고 지방하고 방앗간이 다른가? 아님 쌀? 물? 쑥?

여 또는 남: 그건 또 뭔 소리야?

남 또는 여: 언젠가 취재 때문에 강진에 간 일 있거든. 다산 유배지.

여 또는 남: 그런데?

남 또는 여: 시장을 지나는데 갑자기 쑥떡이 먹고 싶잖아. 봄도 아니고 가을이었는데.

여 또는 남: 엄마 생각났니?

남 또는 여: 울 엄마 지금 함께 수영장 다니는 아줌마들이랑 눈썹 반영구 화장 하러 갔거든?

암튼! 쑥떡을 사먹었는데 그 맛이 생전 처음 먹어보는 맛인 거야. 기가 막히더라구. 내가 여태껏 먹은 쑥떡은 쑥떡이 아니고 개떡이었나 싶더라니까.

여 또는 남: 무슨 개떡 같은 소리야.

남 또는 여: 아무튼 그런 떡을 먹고 살았으면 다산도 귀양살이가 그리 험한 것만은 아니었겠다, 싶고.

여 또는 남: 젊은 여자랑 살기도 했다며, 거기서.

남 또는 여: 그건 또 어떻게 알았어?

여 또는 남: 야, 저기 좀 봐.

남 또는 여: 어디?

여 또는 남: 저기 유리창. 밖에 사람들이 점점 몰려들어. 우리 구경하나봐.

남 또는 여: 실컷 보라지. 우리가 뭐 잘못했나? 그냥 누워있는 것뿐이잖아.

여 또는 남: 그러니까. 그냥 누워있는 게 이상한가봐. 아무래도 일어나야 하지 않을까.

남 또는 여: 부러워서 그러는 거야. 자기들도 해보고 싶은데 눈치 보여 못하니까. 신경 쓰지 말자고.

여 또는 남: 그런데 기분이 좀 이상해.

남 또는 여: 어떤데?

여 또는 남: 뭔가… 통쾌해.

남 또는 여: 야, 빨리 일어나.

여 또는 남: 왜? 나 이제 막 일어나기 싫어졌는데.

남 또는 여: 튀어. 저기, 저기… 온다! 잡히면 골치 아파.

여 또는 남: 싫어. 누워 있을 거야. 생각해보니까 누워서 할 게 많아.

남 또는 여: 아 쫌. 일어나라고. 어, 어. 저기 온다!

여 또는 남: 싫다고. 내 맘이야.

남 또는 여: 그러지 말고. 우리 쑥떡 먹으러 갈래? 강진으로?

여 또는 남: 뭐라고? 강진?

남 또는 여: 응. 가자. 쑥떡 먹으러. 남쪽으로. 그러니까 일어나.

여 또는 남: 좋은 방법이 있어.

남 또는 여: 뭔데? 빨리 말해봐.

여 또는 남: 같이 눕는 거야. 같이 눕자고 하자.

남 또는 여: 네가 말할 거지?

여 또는 남: 아니. 네가 말해.

남 또는 여: 그럼 가위바위보하자.

여 또는 남: 이긴 사람이 말하는 건 어때?

남 또는 여: 아무려나.

여 또는 남: 가위바위보!

꽃잎에 닿는 부챗살 같은 햇살을 떠올리며 빛의 소리에 귀 기울인다

전이영 _ 2009년 『문학나무』 단편소설 「딸꾹질」로 신인상, 「생의 한가운데」로 '2012 신예작가' 수상. 2014년 경기도 시흥시 문화예술발전기금 소설부문 수혜. 첫 번째 창작집 『딸꾹질』 발간. 2016년 현재 상명대학교 문화기술대학원 소설창작학과 석사 과정. e-mail:teras365@hanmail.net

당신 생각이 떠나지 않습니다

말희는 32절 무선노트에 제라늄 꽃을 그리고 있다. 벌써 몇 장을 그렸는지 말희의 오른손은 흑연자국으로 시커멓다. 말희가 스케치하는 것은 모두 베란다에 있는 제라늄 꽃들이다. 말희는 그림을 그리다가도 잠시 멈추곤 한다. 제라늄 화분 사이로 들어오는 햇살을 잡은 듯이 만져본다. 빛의 알갱이를 문지르듯 제 엄지와 검지로 빛을 비벼보기도 한다.

말희는 평소 수첩에 줄을 매달은 사인펜 대신 4B연필을 본다.

'오늘은 우주를 담을 수도 있을 것 같다.'

말희는 햇살을 보면서 자신의 스케치 소리에 귀를 기울인다.

'꽃에 내리는 햇살도 연필이 노트에 스치는 소리만큼 좋다.'

바위가 머그잔 두 개를 들고 와서 베란다 찻상 위에 놓는다.

바위도 말희처럼 제라늄 사이로 들어오는 빛을 향해 손을 내민
다. 바위의 표정이 평온하다.

"이 빛은 어떤 소리를 담고 있을까……."

바위는 빛을 좇다가 연보라 빛 제라늄 꽃에 닿은 빛을 쓰다
듬는다. 물체마다 제 소리가 있는 줄 아는 바위를 보는 말희의
표정에 미소가 담긴다.

새소리가 들린다. 말희는 흠칫 놀라며 현관 쪽과 바위를 번
갈아 본다. 바위는 꽃들을 하나씩 보듬으며 한껏 빠진 표정이
다. 또 다시 새소리가 들리자 말희는 현관으로 달려가 문을 벌
컥 연다.

"세탁소입니다."

남자가 바퀴가 달린 행거에서 양복 한 벌과 와이셔츠 두 장
을 꺼내고 있다. 말희는 베란다로 달려가 바위를 잡아채듯 현
관 쪽으로 데려간다. 남자가 옷을 말희에게 내밀자 바위가 옷
들을 살피더니 말한다.

"이거 제 옷 아닌데요."

"C동 1501호……."

말희는 바위에게 건너편 건물을 가리킨 후 손을 모아 C모양
을 만든다.

"여긴 A동 1501호에요."

"아, 죄송합니다. 어쩐지…… 우리 백양세탁소도 이용해보세

요. 잘해드릴게요."

바위를 보던 말희는 머리를 긁적이며 꼼지락거리는 제 발끝만 본다.

"괜찮아요. 실수할 수도 있죠."

행거에 다시 옷을 걸던 남자의 눈이 휘둥그레지며 바위와 말희를 번갈아 본다. 빙그레 웃는 바위의 미소를 자르듯 말희는 목례를 하고 현관문을 닫는다.

바위는 다시 제라늄 꽃들을 하나씩 쓰다듬듯 어루만지고 있다. 말희는 손으로 턱을 받치고 바위의 하는 양을 눈으로 좇고만 있다.

"어떤 제라늄은 잎을 문지르거나 으깨면 향이 난데. 향에도 자신만의 소리를 담고 있을까?"

바위가 말희를 돌아보자 말희는 기다렸다는 듯이 왼손을 내민다. 말희는 오른손가락으로 왼손에 있는 붉은색, 주홍색, 분홍색, 연분홍색, 보라색, 초록색, 노란색, 흰색의 색연필을 차례차례 가리킨다. 색연필들의 색깔 역시 베란다에 있는 제라늄 꽃들의 색이다.

"오, 오페라!"

제각각의 붉은색마다 이름이 있다. 레드, 칼민, 마젠타, 핫핑크, 제라늄레드, 오페라……. 말희가 가진 빨강색 연필 중 오페라와 가장 가까운 빨강은 제라늄레드이다. 말희는 스케치한 노트를 넘긴다. 넓은 꽃잎이 겹쳐진 꽃, 꽃의 이름도 레드제라늄이다. 말희는 바위의 선택에 미소가 절로 나온다.

말희는 채색이 완성된 그림을 노트에서 찢어 바위의 무릎에 올려놓는다.

"뭐야?"

말희는 머리를 긁적이다 그림을 그릴 때 제 앞머리에 꽂은 실 핀을 빼며 눈을 빛낸다. 방금 끝낸 제라늄 그림 위 가운데에 리본 모양에 맞춰 실 핀을 꽂는다.

"선물?"

말희는 고개를 끄덕이며 함박웃음을 짓는다.

"내가 구화(口話)대신 수화(手話)를 배웠으면 우리가 한결 편했을까?"

바위는 망설이다 힘없이 고개를 젓는 말희를 보며 위로하듯 말한다.

"무수한 말의 어떤 표현보다 네 표정이 더 좋아."

그제야 말희는 제라늄 그림과 바위, 제 머리를 가리키곤 가슴에 두 손을 모아 기도하듯 눈을 감는다.

'당신 생각이 떠나지 않습니다.'

말희는 말이 되어 나오지 않는 속말을 하곤 눈을 떠서 바위를 본다. 제라늄의 꽃말이기도 하다.

바위는 한동안 말을 삼킨다.

"상대가 누구든 대화가 통하지 않을 때도 있을 거야. 그치?"

말희가 고개를 끄덕인다.

"그렇지만 네 뜻을 오해한다 해도 내 마음은 내가 잘 알아."

바위가 말희의 손을 힘주어 잡는다.

"난 네 생각이 한시도 떠나지 않아. 무얼 해도."

바위는 멀뚱히 보고 있는 말희의 얼굴에 묻은 색연필자국을 지워준다. 말희의 얼굴에서 색연필대신 흑연자국이 묻는다.

'말희가 제 얼굴을 봤다면……'

투정을 부리는 말희의 표정은 바위가 참을 수 없이 마음에 드는 것 중에 하나이다.

웃음기가 가시지 않는 바위를 보면 말희도 따라 웃지 않을 수 없다.

평소 바위의 버릇처럼 말희도 눈을 감아본다.

꽃잎에 닿는 부챗살 같은 햇살을 떠올리며 빛의 소리에 귀 기울인다.

말희는 생각에 빠진다. 혹, 햇살도 말이 소리가 되어 나오지 않는 것이라면…….

햇살도 꽃을 향한 마음을 고백하는 것일지도…….

'당신 생각이 떠나지 않습니다.' 라고.

네가 한숨을 내쉬더니 웃음을 거둔 얼굴로 나를 바라본다

채영신 _ 1969년 서울 출생. 이화여대 교육학과 졸업. 2010년 『실천문학』으로 등단.

연두

너는 달린다. 숨 가쁘게 달린다. 느리게 걷는 노파를 너는 지나친다. 귀가를 서두르는 남자를 너는 지나친다. 불이 켜진 가로등을, 담벼락에 기대어 세워놓은 자전거를 너는 지나친다. 조용한, 끝도 없을 것 같이 긴 골목길.

그러나 '끝도 없을 것 같이'라는 문구를 떠올리는 순간, 내 짧은 생각을 비웃듯 골목은 끝이 난다. 네 말대로 세상에 끝이 없는 건 없나보다. 산에서 처음 만난 날, 쓰레기 썩는 데 걸리는 세월에 대한 안내판을 보고 너는 중얼거렸다. 깡통 백 년, 플라스틱 오백 년, 스티로폼 오백 년. 결국엔 다 썩는 거구나…… 다 사라지는 거구나……. 나에겐 오백 년이란 세월이 너무나 까마득해서 영원으로 읽혔다. 이제 와서 말이지만, 오백 년을 오십 년이나 오 년처럼 쉽게 말하던 네가 얼마나,

오, 저런! 네 꿈이 보이지 않는다. 텔레비전을 꺼버린 것처럼

네 꿈이 닫혀버린다. 네 꿈을 들여다보기 위해선 지금 이 순간
의 너에게 집중해야 한다. 나는 가부좌를 틀고 앉아 가만히 너
를 내려다본다. 그러나 제길, 네 꿈은 다시 열리지 않는다.

　이름을 물었을 때 너는 얼른 대답하지 않고 주위를 둘러보았
다. 우리가 서 있던 거리 맞은편에선 아파트 공사가 한창이었
다. 너는 찬찬히 공사현장을 둘러보다가 불쑥 노랑, 이라고 말
했다. 칙칙한 시멘트 덩어리 일색인 공사현장에서 노란색은 딱
두 개였다. 아파트 골조 옆에 높이 서 있는 탑형크레인과 막 봉
오리를 터뜨리기 시작한 개나리. 넌 무엇을 보고 노랑이라고
한 걸까. 나는 묻지 않았다. 노랑이 무슨 열쇠처럼 느껴져 두려
웠기 때문이었다. 발 디디고 싶지 않은 어떤 세상의 문을 확 열
어젖히고 말 열쇠. 나중에 그 얘길 했을 때 터무니없다는 듯 너
는 웃었다. 하지만 돌이켜보렴, 노랑. 터무니없기로 치자면 우
리의 첫 만남에서 터무니없지 않은 게 무엇 하나라도 있었는
지.

　너를 처음 만난 곳은 산이었다. 등산로를 멀찌감치 벗어난
산속에서 나는 튼튼한 나뭇가지에 허리띠를 걸었다. 그리고 거
기에 목을 집어넣으려다가 나는 기겁하고 말았다. 내 바로 앞
에, 두어 걸음 떨어진 바로 앞에 네가 버티고 서있었기 때문이
었다. 하늘에서 뚝 떨어진 게 아니라면 땅에서 쑥 솟았다고 밖
에는 여길 수 없을 만큼 느닷없는 출현이었다.

너는 허리띠를 걸어 손에 들고는 돌아서서 걷기 시작했다. 뭔가에 이끌리듯 나는 너를 따라 산을 내려왔다. 우리는 등산로 입구에 있는 식당에 들어갔다. 너는 나에게 묻지도 않고 설렁탕을 주문했다. 나는 밥을 먹는 너를 쳐다보기만 했다. 일주일 넘게 아무 것도 먹지 못해서일까, 냄새만으로도 헛구역질이 나서 나는 흰밥조차도 입에 넣을 수가 없었다. 정말 터무니없는 일은 그때 벌어졌다. 너는 아이처럼 젓가락으로 깍두기를 푹 찔러 앞니로 베어 먹었는데, 그때마다 차가우면서도 단단한 무의 느낌이 내 앞니에 고스란히 전해지는 거였다. 그리고 내 혀의 미뢰(味蕾)들이 깍두기의 새큼달큼한 맛을 분명하고 생생하게 잡아냈다. 상상력이 너무 뛰어난 탓이라고? 그렇다면 그날 밤 내 똥에 섞여 나온 무 조각들은 어떻게 설명할 수 있을까.

식당을 나와서 너는 또 앞장서 걸었다. 식당골목을 지나 아파트 공사현장을 지나 너는 낡고 허름한 연립주택 안으로 들어섰다. 열쇠를 구멍에 꽂고 너는 나를 돌아보지 않은 채 말했다. 내 꿈을 들여다봐줘.

너는 달린다. 숨 가쁘게 달린다. 느리게 걷는 노파를 너는 지나친다. 귀가를 서두르는 남자를 너는 지나친다. 불이 켜진 가로등을, 담벼락에 기대어 세워놓은 자전거를 너는 지나친다. 조용한, 끝도 없을 것 같이 긴 골목길.

그러나 '끝도 없을 것 같이'라는 문구를 떠올리는 순간, 내 짧은 생각을 비웃듯 골목은 끝이 난다. 너는 차가 달리는 사차선 도로를 허청허청 걷는다. 트럭이 급정거를 하며 클랙슨을 울린다. 그 소리에 흠칫 몸을 떨며 너는 트럭을 쳐다본다. 눈을 끔벅거리며 멀뚱멀뚱 트럭을 쳐다본다. 그러다가 불쑥 떠올랐다는 듯 몸을 휙 돌려 네가 막 빠져나온 골목을 되돌아본다. 어스름이 깔린 골목의 정경이 네 눈에 잡힌다. 이어폰을 꽂고 대문을 나서는 남학생, 아이를 등에 업은 젊은 여자…… 바람에 펄럭이는 비닐봉지. 어느 집 창문에선가 생선 굽는 냄새가 흘러나온다. 뉴스를 진행하는 앵커의 목소리에 아이들의 웃음소리가 얹힌다. 그리고 컹컹, 개 짖는 소리.

평화롭다. 구두코만 내려다보며 종종걸음을 치다가도 이 골목에 접어들면 왠지 마음이 느긋해질 것 같다. 동의를 구하듯 나는 너를 쳐다본다. 하지만 내 눈에 들어온 건 당장에라도 기함해버릴 듯한 네 얼굴이다. 경직된 네 얼굴에서 소금처럼 결정을 이룬 공포가 느껴진다. 나는 얼른 골목 안쪽을 향해 눈길을 돌린다. 꿈속까지 따라와 널 괴롭히는 것의 정체를 두 눈으로 똑똑히 보고 싶다. 하지만 네 입에서 터져 나온 비명소리가 내 의식의 초점을 흔들어놓는다. 네 꿈이 저런, 또 꺼지고 만다.

너는 창턱에 놓인 화분에 물을 준다. 화분에는 작은 나무가 심겨져 있다. 잎 하나 없이 마른 가지로 햇빛을 받고 있는 나무

한 그루. 흙이 몸을 열어 물을 받아들이는 소리가 들린다. 나무 뿌리가 물을 빨아들여 가지 끝까지 뿜어 올리는 소리가 들린다. 목 축인 나뭇가지 위에 햇빛이 내려앉는 소리가 들린다. 싫다. 소리들을 털어내려는 듯 나는 귀를 세게 문지른다. 어떻게든 살아보겠다고 발버둥치는 것들을 볼 때마다 나는 살의를 느낀다. 토사물에 부리를 박은 비둘기는 물론이고 버스를 놓칠까봐 뛰어가는 노인은 물론이고 웃고 있는 아이는 물론이고 시멘트를 뚫고 싹을 틔운 풀은 물론이고 도서관에서 공부를 하는 학생은 물론이고 애인을 기다리며 화장을 고치는 여자는 물론이고 식당에서 주문한 음식을 기다리는 남자는 물론이고 땅에 뿌리를 박고 있는 나무는 물론이고 비를 맞고 있는 배추는 물론이고 배춧잎을 갉아먹는 벌레는 물론이고……아, 가엾기도 하지. 그 모든 생명들이 감추고 있는 권태의 표정이라니. 체념의 몸짓이라니. 나는 이 세상의 모든 숨 쉬는 것들을 목 조르고 싶다. 갈가리 찢고 싶다. 권태의 기억마저, 체념의 흔적마저 남김없이 불태우고 싶다. 그 살의가 너무 강해서, 어찌해볼 도리가 없이 너무 절절해서 차라리 내 눈과 귀를 닫으려 했다. 하지만 노랑, 네가 나를 막았다. 그래놓고는 고작 이런 공간에 나를 데려다놓다니. 네가 싫다. 어떻게든 살아남으려는 나무의 저 악착같음이 싫다. 이제 떠날 때가 되었다. 내 속을 들여다보고 있는 듯 네가 말한다. 내 꿈을 들여다봐줘. 인내심을 갖고 제발 깊숙이.

소파에 누워 아이가 잔다. 너는 가만가만 집안을 돌아다니며 장난감을 바구니에 담고 걸레질을 한다. 소파 밑 깊숙이 처박힌 그림책이 눈에 들어온다. 너는 바닥에 엎드려 소파 밑으로 팔을 넣어 그림책을 꺼낸다. 걸레를 내려놓고 그림책을 펼친다. '구두쟁이는 매일매일 열심히 살았습니다. 하지만 구두쟁이는 잘못한 것이 없는데도 매일매일 가난해지기만 했습니다.' 이 문장을 읽어줄 때 울음을 터뜨리던 아이의 모습을 너는 떠올린다. 네 입에서 깊은 한숨이 흘러나온다. 너는 어깨를 늘어뜨린 채 소파 위에서 자고 있는 아이를 하염없이 바라보다가 그림책을 책장에 꽂고 걸레를 빤다. 그리고 쓰레기봉투를 들고 현관문을 연다. 현관문을 잠그지 않은 채 계단을 뛰어 내려가 쓰레기봉투를 던져놓고는 계단을 뛰어 올라온다. 오 분도 되지 않는 짧은 시간이지만 그동안 아이가 깨어 엄마를 찾고 있을까 봐 조바심이 난다. 문을 열고 안으로 들어간다. 그 순간 너는 얼어붙는다. 낯선 사내가 한손으로 아이를 안고 있다. 사내는 다른 손으로 아이의 입을 틀어막고 있다. 너는 비명도 지르지 못한 채 사내를 쳐다본다. 사내가 아이의 목을 조른다. 네가 보는 앞에서 아이가 사지를 축 늘어뜨린다. 너는 입을 벌린 채 밖으로 뛰쳐나온다. 느리게 걷는 노파를 너는 지나친다. 귀가를 서두르는 남자를 너는 지나친다. 불이 켜진 가로등을, 담벼락에 기대어 세워놓은 자전거를 너는 지나친다. 조용한, 끝도 없을 것 같이 긴 골목길.

연두색 스웨터를 무릎에 올려놓고 너는 조용히 실을 잡아당긴다. 네 앞에는 휴대용 가스렌지가 놓여있고 그 위에 주전자가 얹혀져 있다. 너는 어느 정도 실을 푼 뒤 주전자 뚜껑을 열고 그리로 실마리를 집어넣어 주전자 주둥이로 빼낸다. 나는 네 맞은편으로 가서 앉는다. 주전자를 사이에 두고 너와 내가 마주 앉는다.

네가 어떤 아이였는지…… 기억나는 게 있니?

네가 묻는다. 나는 고개를 젓는다. 유년의 기억은커녕 몇 달 전의 기억조차 남아있는 게 없다. 내가 왜 맨몸으로 집을 뛰쳐나왔는지, 그 까닭도 기억나지 않는다. 하루 종일 헤매다가 돌아가려고 했지만 안간힘을 써 봐도 집에 가는 길을 떠올릴 수가 없었다.

여름이었어. 네가 학교에서 돌아왔을 때 집엔 아무도 없었어. 넌 햇볕이 쨍쨍하게 내리쬐는 마당에 앉아 치마를 걷어 올리고 똥을 누었어. 그리고 그 똥 위에 주저앉아 잠이 들고 말았지. 좋은 꿈을 꾸고 있는지 네 얼굴엔 미소가 떠나지 않았어. 제가 눈 똥 위에 주저앉아 해낙한 표정으로 잠들 수 있는 아이…… 그게 너야.

너는 조용히 웃는다. 네가 실을 잡아당길 때마다 얽혀있던 코와 코가 깍지 낀 손을 놓아버리듯 스르르 풀린다. 나는 털실을 쳐다본다. 얼핏 볼 땐 연두색이더니 가까이서 보니 가느다란 노란색과 파란색 실을 여러 겹 꼬아 만든 것이다. 주전자에서 김이 솟기 시작한다. 나는 주둥이로 나온 실마리를 천천히 잡아당긴다. 고불고불하던 실은 주전자를 통과하며 훈김을 쐬는 동안 거짓말처럼 반듯하게 펴져 있다.

젖 뗄 때 얘길 해줄까? 넌 워낙 수더분한 아이라 네 엄마는 너 젖 떼는 건 일도 아닐 거라고 마음을 놓았대. 그땐 갱기랍이라고 젖 뗄 때 쓰는 노랗고 쓴 약이 있었대. 네 엄만 젖꼭지에 그 약을 발라놓았대. 넌 젖꼭지를 쪽 빨더니 걸레로 젖꼭지를 싹싹 닦더래. 그리고 손바닥으로 막 젖꼭지를 비비더니 입으로 빨아서 몇 번 침을 뱉더래. 그래도 쓴지 인상을 쓴 채 눈까지 꾹 감고서 젖을 먹더래. 네 엄마는 생각했대. 이게 이 아이의 힘이구나.

나는 반듯하게 펴진 실을 말없이 감는다.

산에 갔을 때 봤던 그 표지판 있잖니. 다 썩더라. 백 년이 걸리든 오백 년이 걸리든, 절대로 썩지 않을 것 같은 플라스틱도 깡통도 결국엔 다 썩더라. 썩어서 거름이 되고…… 거기에서 싹이 트고…….

네가 한숨을 내쉬더니 웃음을 거둔 얼굴로 나를 바라본다.

너에겐 힘이 있어. 난 내 아이가 죽어가던 그 순간에서 한 발자국도 벗어나지 못했지만…… 매일매일 그 순간을 되풀이하며 살고 있을 뿐이지만…… 분노로든 미움으로든 넌 그것을 지나왔어.

뭔가 더 할 말이 남아있다는 표정으로 입술을 달싹거리며 나를 쳐다보다가 너는 자리에서 일어나 싱크대로 간다. 나는 네 자리와 내 자리를 번갈아 옮겨 다니며 실을 풀고 감는다. 네 자리에 앉을 때마다 번개처럼 뭔가가, 소리랄까 형체랄까 느낌이랄까 하는 것들이 머릿속에서 번쩍인다. 그러다가 쿵, 하는 소리에 깜짝 놀라 고개를 돌린다. 네가 바닥에 쓰러져 있다. 사지가 뒤틀린 채 입에 거품을 물고 있다. 나는 너를 쳐다보기만 한다. 달려가서 너를 일으켜주고 싶지만 가위에 눌린 것처럼 손가락 하나 까딱할 수가 없다. 드라이아이스처럼 흰 연기를 내뿜으며 네 몸이 점점 작아진다. 작아지는 동시에 점점 어려진다. 그러더니 어느 순간 이제 막 엄마 뱃속을 빠져나온 갓난쟁이가 된다. 너는 거기에서 멈추지 않고 점점 더 작아진다. 이윽고 꼬리가 달린, 올챙이처럼 생긴 작은 무엇이 된다. 나는 들고 있던 실 뭉치를 놓친다. 갑자기 팔이 움찔하고 떨리더니 눈동자가 한쪽으로 쏠린다. 호흡이 거칠어진다. 팔다리가 뻣뻣하게 굳는다. 나는 네가 쓰러졌던 자리에 쿵, 쓰러진다. 입에서 거품이 부글거린다. 그런 채로 나는 노랑…… 노랑…… 마음속으로 하염없이 네 이름을 부른다. 내 몸이 열린다. 올챙이같이 생긴 무언가가 꼬리를 힘껏 흔들며 내 가랑이 사이로 들어온다. 네 목소리가 들린다. 나를, 우리를, 다시 낳아줘. 제발, 파랑. ✗

스마트소설
박인성
문학상

2016년 가을 후보작

내가 지금 그 팽이 같다. 뭔가에 의해 뱅뱅 돌려지고 있는

박찬순 _ 2006년 『조선일보』 신춘문예에 단편 「가리봉양꼬치」로 등단. 소설집 『발해 풍의 정원』 『무당벌레는 꼭대기에서 난다』. 2011년 아이오와 국제창작프로그램 (IWP) 레지던스 작가. 2012년 서울문화재단 창작기금 수혜. 2014년 한국소설가협 회 작가상 수상. 2015년 한국문화예술위원회 지원 테헤란 레지던스 작가.
e-mail:bohemia5@hanmail.net

팽이 돌리는 소년

고장도 전염이 되는 걸까. 일은 꼭 한꺼번에 터진다. 그것도 출퇴근 시간에. 구의역 스크린도어 두 개를 수리하고 을지로로 가야 한다. 5-3번 도어 앞. 문을 열자 적외선 센서에 이물질이 덕지덕지 붙어있다. 이러니 작동이 안 되지. 수건으로 양쪽 문의 센서를 닦았다. 이제 문 안으로 들어가 선로 쪽을 닦을 차례. 처음 선로 쪽에 설 때는 벼랑에 선 듯 아찔했다. 이따금 발디딜 난간이 있는 곳도 있지만 여기처럼 아예 없는 곳이 더 많기 때문이다. 구의역 같은 지상구간은 그나마 좀 낫다. 선로가 깊고 캄캄한 지하 구간에서는 머리카락이 쭈뼛해왔다. 그래도 이 문 덕에 선로로 뛰어들려 했던 많은 이들이 마음을 돌리기는 했을까. 그건 나도 모르겠다.

아쉬운 건 우리가 각자 혼자서 '뺑이치고' 있다는 거다. 우린 '홀로 팽이' 족이다. 주간 조 6명이 49개 역의 스크린도어를 관리해야 하니 2인 1조는 먼 나라 얘기. 시간이 오래 걸리는 부품 교체나 기계 수리는 열차가 다니지 않는 심야에 하게 되는데 그때도 달랑 혼자다. 문득 기억이 난다. 어릴 때 얼음판에서 돌리던 나무팽이. 채로 치면 칠수록 혼자서 쌩쌩 잘도 돌던. 돌이켜보니 몹시도 외로웠을 것 같다. 도도해 보이긴 했지만. 내가 지금 그 팽이 같다. 뭔가에 의해 뱅뱅 돌려지고 있는. 언젠간 나도 멈춰서겠지.

9-4번 도어 앞. 오늘 오전 구의역 고장 신고 59건 중에 가장 횟수가 잦았던 문이다. 온 김에 확인해야지. 그런 다음 을지로 4가로. 나는 경복궁역에 있는 L에게 전화를 걸었다. 나를 '롤' 게임에서 끌어낸 친구다. 피시방에서 한 판 하자고 하면 나를 농구 코트로 데려가는.

"5-3 완료. 9-4 점검하고 을지로 4가로 갈게."

"그래줄래? 여긴 워낙 여러 군데라 아직. 그래. 수고."

5시 20분에 신고 되었으니 6시 20분까지 가야 한다. 한 시간 안에 도착하지 않으면 회사가 불이익을 당한다. 꼭 패밀리 레스토랑 같다. '손님, 여기 타임 시계요. 15분 안에 음식이 안 나오면 무료로 드려요.' 지금이 5시 54분. 전철로 20분 거리다. 눈치도 없이 배가 꼬르륵, 찬조출연을 한다. 스패너, 니퍼, 펜치, 드라이버 등과 함께 가방 안에서 뒹굴고 있는 컵라면이 눈앞에 클로즈업 된다. 컵라면, 하니까 생각난다. 오늘 아침 회사 앞 편의점 알바생이 툭 던진 말. '허구한 날 컵라면이세요?'

남이야 뭘 먹든. 혹시 나한테…… 웬 헛물을. 아무튼 안 돼. 배고픈 것쯤이야. 내겐 적금이 있잖아. 대학 갈 종자돈. 월급 144만원 중에 100만원씩이면 좀 과했나. 친구들 여행 가는 데도 끼지 못하고 동생 용돈도 조금밖에 못 주고. 어쩔 수 없지. 고3 때 특강 온 교수님이 말했다. '인류의 미래를 개척하려면 공학의 문을 두드려라.'

항상 문 안쪽 작업이 문제다. 난간이 없으니 한 손으로 문을 꽉 붙잡고 선로 쪽 문턱에 까치발을 하고 선다. 오늘 따라 어스름 노을빛이 스며드는 지상구간 역사가 환상적으로 보인다. 작업 공간을 만들려고 고개를 젖혀 뒤쪽으로 내민다. 꼭 발레리나 포즈 같다. 아이쿠, 센서를 닦다가 눈에 먼지가 들어갔나 보다. 웬 먼지가 이리도 많담. 열차가 일으키는 풍압 때문인가. 아, 이물질이 붙지 않는 센서. 와 특허감 아냐? 전자공학 아니, 재료공학과에 가서 신소재를 개발해야겠군.

갑자기 나는 까무룩 정신을 잃는다. 뭔가가 뒤통수를 강하게 쳤던가. 영혼이 몸을 떠나면서 방금 벗어던진 자신의 허물을 본다는 게 정말일까. 나는 지금 보고 있다. 돌진해 오는 무자비한 어떤 힘에 의해 여지없이 꺾이고 으스러져 피투성이가 된 채 선로에 널브러진 내 몸뚱어리를. 제 몸을 팽이 돌리던 아이는 이렇게 멈춰 섰다. 안 돼! 나는 비명을 지른다. 겁에 질린 내 목소리에 놀라 나는 화들짝 잠에서 깨어난다.

식은땀에 잠옷이 축축이 젖어온다. 정말 꿈이었을까? 아니면 내 따뜻한 침대에 누워있는 이 순간이 꿈인 것일까. 팔을 꼬집어보았다. 아팠다. 이불을 걷어차고 나가 안방 문을 빼꼼히 열어 보았다. 어머니 아버지는 곤히 잠들어 있었다. 건넌방의 누나도, 품에 안으면 솜사탕처럼 폭신폭신한 비숑도 제 여름용 침대에서 쌔근쌔근 자고 있었다. 째깍거리는 거실 벽의 뻐꾸기 시계는 새벽 3시 5분을 가리키고…… 우리 집은 털끝 하나 다치지 않았다. 꿈이었다.

어제 오후 수업이 끝나고 수연과 같이 구의역에 갔었다. 사고가 난 지 사흘째. 분홍과 노랑, 하양, 파랑, 빨강 등, 색색의 포스트잇으로 뒤덮인 9-4번 승강장 앞에서 그녀는 계속 울먹였다. 나는 울음도 나오지 않고 가슴만 먹먹해왔다. 타인이란 누구인가. 어느 철학자의 말을 속으로 되뇌었다. 타인은 영원한 그리움. 지극히 높은 곳으로부터 내게 내려온 신비의 빛, 깊디깊은 여운…… 나보다 세 살이나 어린 K. 무슨 생각을 그리 골똘히 하느라 코앞에 들이닥친 열차를 보지 못했을까. 수연과 나도 포스트잇에다 한 마디씩 적어 스크린도어에 붙였다. 붙이고 보니 둘 다 'K가 나다'였다. 조각 종이들이 일제히 날개 짓을 하며 목청껏 외쳤다. 'K가 나다.' 그 소리는 역사 천장을 치고 메아리로 번져갔다. 우르르 쾅쾅 하늘을 가르는 천둥으로.

하지만 하룻밤 사이에 나는 K가 내가 아닌 것을 이토록 다행으로 여길 수가 없었다. 내가 K였으면 어쩔 뻔했나, 싶었다. 가슴에 얼음을 얹은 듯 심장이 써늘해왔다. 도저히 감당할 수 없는 참담한 지점에 나는 놓여 있었다. 어제 내가 한 말이 말짱 거짓이 되어버린. K는 결코 내가 될 수 없었다. 'K가 나다'라는 말은 함부로 내뱉을 말이 아니었다. 그 말은 어쩌면 나의 이익을 꾀하기 위해 하는 말인지도 알 수 없었다. 나만은 당하지 않겠다며. 홀연 수연이 생각났다. 얼마 전 나는 그녀에게 고백을 했다. 벼르고 별렀던 프러포즈였다. 카페 1인실을 빌려 치른. '수연아, 널 사랑해. 내 자신만큼. 이제 넌 나야.' 무릎을 꿇고 장미 한 송이를 바치며 말했다. 한 점 의심 없이. 이제 진정으로 고백해야 할 것 같다. 널 사랑한다고 한 건 오로지 내 자신을 위해서였다고. 넌 내가 될 수 없다고. 나는 휴대폰을 집어 들었다. ✕

어이. 너 누구지? 살았니 죽었니?

안영실 _ 1996년 『문화일보』 중편소설 「부엌으로 난 창」으로 등단. 2013년 창작집 『큰 놈이 나타났다』. 2013년 프랑스 ditions Philippe Rey에서 공저 『Nocturne d' un chauffeur de taxi』 출간. 2014년 인터파크 도서 북DB에서 연재. 문화일보 동인집 공저 4회 참여. 미니픽션 동인집 공저 6회 참여. 2015년 한뼘자전소설 『나는 힘이 세다』 이북출간.

은행나무 아래에서

처음에는 그것이 꿈인지도 몰랐다. 조금 전까지 나는 은행나무 주위를 서성거렸다. 맞은편 단풍나무 밑에서 암내를 풍기는 복순이 때문이었다. 바람이 불 때마다 달착지근하고 새큰하면서도 누릿한 냄새가 밀려왔다가 흩어졌다. 체취가 강한 거리에 있으면서도 다가서지 못하는 까닭은 복순이의 앙칼진 눈 때문이었다. 겉으로는 뽀얀 얼굴이 순하고 허술해 보여도 언제 이빨을 드러낼지 모르는 년이다. 나는 들키지 않게 복순이의 새침한 눈을 자꾸 흘끔거렸다. 내거라고 진즉에 침을 발라놓긴 했어도, 언제 경쟁자가 나타나서 복순이를 채갈지는 모르는 일이다. 속을 태우며 안달하는 나는 거들떠보지도 않고 복순이는 새벽부터 야무지게 소리를 질러댔다. 논에 물을 대러 나오는 사람이라는 걸 알면서도 저렇게 성질을 부린다. 복순이에게 가려고 가죽 줄을 얼마나 열심히 물어뜯었는지 슬슬 눈이 감겨왔

다. 턱을 괴고 눈을 감자마자 나는 곧 이상한 나라로 빨려 들어
갔다.

　설레는 표정의 아이들은 삼삼오오 둘러앉아 저마다 재밋거
리에 열중하고 있다. 찌직거리는 소리가 들리더니 두 시간 후
면 제주도에 도착한다는 방송이 나온다. 스피커가 뭐라고 떠들
거나 말거나 여자애들은 셀카에 집중한다. 복순이도 비스듬히
벽에 기대어 얼짱 각도를 잡는 중이다. 나는 잽싸게 뒤로 끼어
들며 V자를 그려 함께 인증 샷을 찍는 데 성공한다. 야, 뭐야.
복순이가 달려들어 팔뚝을 꼬집는다. 달달하고 새큰한 복순이
의 냄새. 엄마 네 시간 정도면 제주도에 도착한대. 보고 싶어
뿌잉뿌잉. 매일 다투던 엄마에게 낯간지러운 문자를 날리는 친
구도 있고, 이어폰을 둘이 나눠서 끼고 음악을 듣는 친구들도
있다. 남자애들은 대부분 게임을 하느라 폰에 얼굴을 박은 채
조용하다. 나는 게임보다는 장난이 더 재미있다. 복순이의 폰
을 빼앗아 달아난다. 복순이가 따라온다. 몇 개의 문과 방을 지
나 갑판으로 향하는 계단에 발을 걸쳤을 때는 둘 다 숨이 차서
헐떡거린다. 야, 내 폰 내놔. 복순이의 동그란 눈이 새큰하고
귀여운 냄새를 풍겼을 때, 갑자기 쾅 소리가 난다. 계단 난간
한쪽이 떨어져나간다. 갑판 위에서 크고 무거운 뭔가가 쿵쿵
쓰러지는 소리. 누군가 외마디 비명을 지른다. 뒤따르던 복순
이가 비틀거리면서 내 팔꿈치를 붙든다. 둥그런 눈이 더 커진

다. 잠시 후 방송이 나온다. 학생들은 각자 자기 위치에서 대기
하시기 바랍니다. 다시 한 번 알려드립니다. 학생들은 모두 제
자리를 벗어나지 마십시오. 어어, 세상이 갑자기 기우뚱 기울
어진다. 누군가 훌쩍거리는 소리. 등골에 오싹 소름이 돋는다.
나는 본능적으로 복순이의 손을 붙잡고 갑판으로 향하는 계단
을 오른다. 야, 제자리를 지키라고 했잖아. 복순이는 투덜거리
면서 손을 빼려고 하지만 나는 놓지 않는다. 기울어져 있는 계
단은 미끄러워서 올라가기가 힘들다. 나처럼 불안한 애들 몇
몇이 우리를 지나쳐 위로 올라간다. 야, 혼자 돌아다니면 담탱
이한테 혼나. 난 내려갈래. 찬물더운물도 못 가리고 복순이는
아직도 앙탈이다. 발이 삐끗하며 미끄러진다. 한손을 난간으로
옮겨 잡은 사이에 복순이는 내게서 손을 빼낸다. 그리곤 계단
을 되짚어 아래로 내려간다. 선생님 말씀이 진리고 길이요 생
명인 범생이다운 선택이다. 나는 범생이를 달랠 무기가 없다.
그 사이에 계단은 더 기울어져서 난간 한쪽이 완전히 떨어져나
갔다. 갑판에 올라서자 비릿한 바람이 얼굴을 때린다. 뺨은 얼
얼하고 칼처럼 날 선 바람에 숨이 토막토막 잘린다. 나는 주먹
을 꼭 쥐고 아래로 내려가는 복순이를 바라보며 소리를 지르다
가 잠에서 깨어난다. 눈을 뜨자 복순이는 맞은편 단풍나무 아
래에서 여전히 자고 있다.

　나는 사층 창문을 향해 맹렬하게 짖어댔다. 야! 왜 나를 추운

겨울 바다로 끌어들이는 거야? 네가 직접 갈 일이지 왜 나는 개입시켜? 직접 들어가기는 두려웠던 게지, 이 비겁한 병든 손아! 그러자 사층 창문이 열리며 '그림자 손'의 희멀건 얼굴이 나타났다. 그를 '그림자 손'이라는 별명으로 부른 지는 꽤 오래되었다. 그는 새벽마다 짖어대는 복순이와 나에게 고래고래 소리를 질러대곤 했다. 밤마다 편집증 환자처럼 그는 자신은 읽을 수도 없는 말을 쓰고 또 쓴다. 그래봐야 언제 보아도 그의 손에는 말이 없었다. 그의 손은 그림자로만 보인다. 쥘 수 없는 말을 움켜쥐고 있다고 하니 그는 새빨간 거짓말쟁이임에 틀림없다.

다른 날처럼 시끄러워, 조용히 해, 하고 소리칠 법도 한데 오늘 '그림자 손'은 아무런 말이 없다. 비루먹은 망아지처럼 게슴츠레 눈을 뜨고서 나와 은행나무를 바라보고 있다. 이럴 땐 놈의 야코를 확실히 꺾어놓아야 한다. 야, 그림자 손! 너는 말의 주인이라 믿겠지만 말은 결코 다스려질 수도 손에 쥘 수도 없어. 네가 쥔 말은 그림자이고, 그림자를 쥔 네 손도 그림자야. 너는 말 앞에 나설 수도 없고 말이 어디에 있는지도 몰라. 어쩌면 너는 모른다는 사실조차 모르고 있을 걸. 너는 은행나무 아래에서 짖어대는 나를 쓸 테지만, 너는 결코 은행나무를 못 읽어. 네가 복순이에게 데려가지 않는다고 해도, 난 가고 말거야. 나는 보란 듯이 가죽 줄을 끊어버리고 복순이를 향하여 걸어갔다. 새침한 눈을 뜬 복순이가 꼬리를 살랑살랑, 아주 멋들어지

스마트소설박인성문학상 후보작
안영실

게 흔들었다.

그때 '그림자 손'이 중얼거렸다. 어이, 넌 누구지? 살았니 죽었니? 너를 묶었던 가죽 줄은 있었던 것일까, 아닐까? 복순이의 꼬리는 보일까 안 보일까? 네가 환장하는 그 냄새는 진짜일까, 허깨비일까? 은행나무가 있는 곳은 네비게이션으로 찾을수 있을까? 너는 어디에 존재하지? 네가 존재하긴 한 걸까? 그래. 네 말이 맞아. 말이 존재하는 순간 나는 쫓겨나고, 말을 쓰는 순간 나는 죽어버려. 결코 나는 말을 읽을 수 없지만 말은 나를 이런 세계로 인도하지. 이를테면 지금처럼 이렇게 너와 조우하는 세계로 말이야. 내 그림자 손에 말은 쥘 수도 없고 쥐어지지도 않지만, 반드시 있고, 또 있으니까 네가 나와 말하는 거야. 그렇지 않니? ⚡

삼경도 훨씬 지나 달빛마저 창백한 시간, 龍은 곤드레만드레가 되어 사립문을 밀고 들어섰다

유경숙 _ 2001년 『농민신문』 신춘문예 단편 「적화(摘花)」로 등단. 소설집 『청어남자』와 e북 『백수광부의 침묵』 『당신의 눈썹』. "한국 카잔차키스 친구들" 모임 회장을 맡고 있다.

달빛, 그녀 목걸이에 나리다

청동좌경 앞에 앉은 그녀는 아까부터 구슬을 닦고 있다. 보드라운 명주수건으로 유리구슬을 한알한알 돌려가며 정성스레 닦는다. 반투명체의 푸른 구슬이 그녀의 희디흰 손가락 끝에서 더욱 빛을 발해갔다. 사흘 전에 아라비아상인에게서 구입한 목걸이다. 서라벌 여인들은 첨단장신구를 누가 먼저 착용하느냐를 두고 치열한 경쟁을 벌였다. 성골 진골의 여인들뿐만 아니라 여염집 아낙들도 멋 내기에는 조금도 뒤쳐지지 않았다. 인도나 아라비아에서 새로 나온 장신구들이 육 개월 안팎이면 신라 여인들에게 전해질 정도였다.

안압지 앞 삼거리엔 외국인들이 빈번히 드나드는 주막이 있다. 그 집 주모 월향(月香)은 아라비아상인이 도착했다는 귀띔을 그녀에게 제일 먼저 전해주었다. 그녀는 서둘러 주막에 도착했다. 긴 곱슬수염에다 두툼한 터번을 쓴 사내는 양가죽포대에서 최신 유행의 장신구와 향료 등을 쏟아놓았다. 그녀가 잽싸게 골라 든 목걸이를 두고 뒤늦게 도착한 여자들이 자꾸만 탐을 냈다. 짙은 눈썹에 쌍꺼풀진 눈이 우물처럼 깊어 그림자가 살짝 드리운 듯한 사내는 그녀에게 목걸이를 걸어주려 엉겁결에 목덜미에 손을 댔다가 움찔하고 놀라는 바람에 목걸이를 떨어뜨리고 말았다. 사내의 손끝이 귓불을 스치는 순간 번개 맞은 것처럼 전율이 흘렀다. 사내 역시도 몸을 부르르 떨었다.

  해가 떨어지자, 그녀는 물을 준 화분을 안방 창가로 옮겨놓는다. 역관 부씨가 부남국(캄보디아)을 다녀오며 가지고 왔을 때는 어린 묘목이었으나 이젠 제법 꽃을 피우는 야래향(夜來香)식 재분이다. 한낮에 양기를 흠뻑 빨아들였다가 밤에만 향기를 내뿜어 먼 데의 사람들까지도 홀려 들인다는 야릇한 속설을 지닌 열대식물이다. 남방국 홍등가에서는 붉은 등불과 함께 이 꽃나무를 주막 창가에 걸어놓는다고 한다. 그러면 지나가던 남정네들이 향기에 끌려 저도 모르게 그곳으로 발길을 돌린다고. 한낮 땡볕은 강렬했지만 저녁바람은 제법 서늘하다. 그러고 보니 백로가 지난 지가 벌써 여러 날 되었다. 이슬은 촉촉이 내리고 밤은 점점 깊어 가는데 오래 전에 퇴청했을 룡(龍)은 집으로 오는 길을 잃었나보다. 부산스럽게 골목을 오가던 발짝 소리도 이제 뜸해졌다. 휘영청 밝은 달빛만이 조신하게 누워있는 그녀

의 몸으로 쏟아져 내렸다. 그녀의 흰 목덜미에 걸린 구슬이 어
둠 속에서도 푸르게 빛났다.

　남산골 유곽을 찾아가던 이방인은 길을 잃었는지 초저녁부
터 골목에서 맴돌았다. 빼곡히 늘어선 기와집들 사이로 끝없이
이어진 골목은 성 안의 사람들조차 헷갈릴 때가 종종 있었다.
멀리 황룡사에서 乙夜를 알리는 종소리가 울리자 골목의 창문
이 하나 둘 닫히고 불빛도 꺼져갔다. 불빛이 빤히 새어나오는
집은 龍의 집뿐이었다. 골목 담벼락에 바짝 달라붙어 있던 시
커먼 물체가 쿵하고 담을 넘었다. 둔탁한 소리가 금세 어둠 속
으로 묻혀들었다.

　삼경도 훨씬 지나 달빛마저 창백한 시간, 龍은 곤드레만드레
가 되어 사립문을 밀고 들어섰다. 한데, 댓돌 위에 두 켤레의
신발이 나란히 놓여있지 않은가! 그는 허리가 꺾일 듯 휘청하
고 몸의 중심을 잃었다. "아무래도 내가 취중에 집을 잘못 찾아
왔나벼! 하나는 분명 내 것인디, 또 하나 저것은 뉘 것인겨?"
龍은 고개를 떨구고 멍하니 서서 길어진 제 그림자만 바라보았
다. 그는 큰 귀 뒤로 솟은 진회색 뿔을 살래살래 흔들더니 조심
스럽게 한 걸음 두 걸음 뒷걸음질쳐 물러 나왔다. 그리고 마당
한가운데 서서 처연히 춤을 추기 시작했다. 점점 춤사위에 빠
져든 그의 붉은 뺨 위로 두 줄기 눈물이 흘러내렸다. "모두가

내 탓이여! 밝은 달을 핑계로 밤드리 노니다가 의무방어도 깜
빡 잊었던겨……" 그의 입속말이 후드득 땅으로 떨어졌다.

　이튿날, 곱슬수염의 사내는 낙타를 타고 급히 사막으로 떠났
다. ⚊

스마트소설박인성문학상 후보작
이준희

그 사이의 무수히 많은 가능성에 대한 두려움

이준희 _ 2006년 『세계일보』 신춘문예 소설부문 당선. 중앙대학교 대학원 문예창작
학과 박사과정 수료. 문화예술교육 프로그램 기획 및 진행.
e-mail:stranger010@hanmail.net

대수롭지 않은

이렇게 많은 비둘기들이 날아드는 데에는 분명 이유가 있다. "내가 몇 번을 얘기해. 비둘기가 이렇게 많지 않았다니까?" 그러니 그 원인을 찾는 게 급선무라고 기계실 장씨 아저씨는 말했다. 나와 M은 이 말을 벌써 몇 번째 들었다.

점심시간 대기실은 한산했다. 진료를 기다리는 환자 하나와 병원 현관문을 고치러 들렀다는 장씨 아저씨뿐이었다. 그는 내원 환자를 위해 준비해둔 음료를 종이컵에 따라 마시더니 아예 눌러앉으려는 듯했다.

장씨 아저씨는 병원과 나란히 선 옆 건물에 근무했다. 1층에는 부동산이나 도시락 가게 같은 상점들이 있고, 2층부터 15층까지는 사무실과 원룸으로 사용하는 오피스텔이다. 이 건물 지하 2층 기계실이 그의 사무실이었다. 가끔 그는 그곳에 따로 마련된 공간에서 숙식까지 해결했다.

　그의 업무는 건물의 전반적인 보수 작업이었다. 입주자들이 들고 날 때마다 각 방의 조명과 가전제품, 옵션으로 놓인 탁자나 선반 등을 수리하는 것은 물론이고 건물 안팎의 청소와 화단 정리까지 도맡았다. 환갑이 다 된 나이에 이런 일들이 힘에 부칠 만도 한데, 그는 누구보다 열성적으로 보였다. 그뿐이 아니다. 여기저기 참견하기 좋아하는 성격이기는 하나 꼼꼼한 데다 손재주가 좋아 시간 날 때마다 주변 상점들의 애로사항까지도 봐주곤 했다. 내가 근무하는 병원 관리실이나 행정과에서도 작게 손 볼 일이 생기면 업체를 부르기보다는 그를 먼저 찾았다.

　점심 교대를 기다리며 원무과 데스크에 앉아 나와 수다를 떨던 M은 장씨 아저씨가 승강기에서 내리는 모습을 보자마자 업무를 보는 척 모니터 밖으로는 시선조차 돌리지 않았다. 그의 이야기에 M이 순순히 대꾸하는 일은 거의 없었다. 그러면서도 자신이 딱히 그를 싫어하는 건 아니라고 강조하곤 했다. "말을 섞고 싶지 않은 것뿐이야. 들으면 말해야 하고, 말하면 또 들어야 하니까." 그러면서 내게 눈을 흘겼다. "언니가 자꾸 잘 들어주고 대답해주니까 자주 오는 거야." 그런가? 나는 웃으며 대답했다. 하지만 냉정한 듯 보여도 언제든 변신할 수 있는 것 또한 그녀라는 것을 안다. 직원 휴게실 탁자 다리가 부러졌을 때나, 서랍 나사가 헐거워져 제대로 열리지 않을 때 장씨 아저씨에게 수리를 부탁하는 그녀의 얼굴은 그 어느 때보다 살가웠다. "행정과에 말해봐야 결과적으로는 장씨 아저씨가 고치지 않겠어? 그럴 바에야 서로 기분 좋은 게 낫지." 나는 고개를 끄덕였다.

장씨 아저씨는 벌써 며칠째 병원과 오피스텔 건물 사이의 보행자 통로로 날아드는 비둘기를 문제 삼고 있었다. 그곳에 유난히 비둘기가 많다는 사실을 최근에야 알게 되었다. 장씨 아저씨의 말들이 영향을 주었는지도 모를 일이다. 직원들과 나눠 먹을 간식거리를 사러 가는 길이었다. 빠른 시간 안에 다녀오려면 그 통로를 지나야 했는데, 그날따라 많은 비둘기들이 통로 바닥에 앉아 길을 막고 있었다. 비둘기라면 저 멀리서 한 마리만 다가와도 피하고 보는 나였다. 만약 그때 도시락 가게 직원인 조선족 여인이 밖으로 나오지 않았다면 나는 대로를 따라 한참 돌아갔을 게 분명하다. 그녀는 발만 동동 구르는 나를 힐끗 쳐다보더니 훠이, 훠이, 비둘기들을 내쫓기 시작했다. 고맙습니다. 서둘러 통로를 지나가며 인사를 했지만, 들은 건지 못 들은 건지 그녀는 아무 대꾸도 하지 않았다.

도심에 비둘기가 날아와 머물다 지나가는 것은 대수로운 일이 아니었다. 문제는 배설물이야, 장씨 아저씨가 말했다. 비둘기는 해가 뜨면 날아들어 병원과 오피스텔 건물 난간에 앉아 있다 저녁이 되면 다시 어디론가 날아갔다. 그런데 곱게 앉았다 가도 될 것을 시도 때도 없이 배설을 해댔다. 아침 일찍 호스로 바닥에 물을 뿌려 청소를 해놓아도, 오후가 되면 바닥이 비둘기의 하얗고 노리끼리한 배설물 찌꺼기들로 가득 찬다고 했다. "개들이 거길 화장실로 생각한다니까." 장씨 아저씨는 흥분하곤 했다.

처음부터 장씨 아저씨가 그 문제를 심각하게 생각했던 것은 아니다. 간혹 병원 고객이나 오피스텔 입주자가 실외 주차장에 차를 세워놓았다가 차창에 잔뜩 묻은 배설물들을 보고 기겁할 때에도 장씨 아저씨는 평소처럼 대수롭지 않게 아는 체 하고 넘어갔을 뿐이다. 여기 비둘기가 많아서…….

문제가 발생한 건 며칠 전이었다. 그가 건물 밖 배수로를 청소하는데, 여느 때처럼 날아든 비둘기들이 하필 그의 머리와 어깨에 배설을 한 거다. 간혹 건물 아래를 지나거나 흡연을 하다 봉변을 당한 사람들이 있기는 했다. 그러나 욕을 해댈 뿐 달리 어쩌지 못했다. 하긴 비둘기 배설물을 맞았다고 도대체 누구에게 어떻게 항의할 수 있을까. 그러나 장씨 아저씨가 직접 겪은 이상, 그 대수롭지 않은 일은 이제 대수로운 일이 되어버렸다. 그는 만나는 사람들에게 그 통로를 점거한 비둘기들이 얼마나 큰 문제인지에 대해 설파했다. 자신이 직접 원인을 알아내 해결할 거라는 말도 덧붙였다.

한껏 떠들어대던 장씨 아저씨는 대기실에 오후 예약환자들이 들어서기 시작하자 그제야 돌아갔다. 그의 모습이 사라지자마자 M이 입을 삐죽거렸다. 어휴, 했던 얘기 또 하고, 또 하고.

별 거 아닌 일에 왜 저렇게 신경을 쓰시는지. 대기실 환자들을
의식했는지 나지막하게 내 귓가에 속삭이며 웃는 그녀를 보며
나도 따라 웃었다.

두 시가 다 되어서야 M과 나는 오후 근무 조와 교대를 하고
병원 밖으로 나왔다. 간단히 점심을 먹을 요량으로 도시락 가
게로 가 돈가스와 치킨 도시락을 주문했다. 때 늦은 시각이어
서 손님은 우리밖에 없었다. 한참 도시락을 먹는데 언니, 하고
그녀가 나지막하게 부르더니 눈짓으로 어딘가를 가리켰다. 고
개를 돌려 보니 가게에서 일하는 조선족 여인이 땅을 쪼아대는
비둘기들을 향한 손안에 든 것을 조금씩 뿌려주고 있었다. 모
이를 주는 모양이었다. "언니, 장씨 아저씨 알면 난리 나겠는
데? 그치?" M은 이내 관심 없다는 듯 고개를 돌렸지만, 나는
그러지 못했다. 모이를 주든 말든 그건 별 상관없었다. 단지 그
녀가 하는 행동의 이유가 궁금했다. 그녀는 담벼락이며 난간,
바닥에 퍼져 앉은 비둘기들을 향해 모이를 뿌리더니 막상 바닥
으로 날아들면 빗자루를 휘둘러 내쫓았다. 그러더니 또 모이를
주어 비둘기들이 날아들게 하고는 다시 손을 흔들거나 워이,
저리 가, 라고 소리치면서 비둘기들을 몰아냈다. 왜 굳이 비둘
기를 불러들이고는 다시 내쫓는 걸까? 그걸 알기 위해 직접 물
어봐야 했지만, 그러지는 못했다. 그건 어쩌면 살아오면서 몸
에 밴 경험 같은 것인지도 몰랐다. 대수롭지 않은 일들이 구체

적인 말을 몸으로 얻어 대수로운 일이 되거나 혹은 그 반대가
경우가 되어버리는, 그 사이의 무수히 많은 가능성에 대한 두
려움.

얼마 뒤 병원에 출근해 휴게실에서 옷을 갈아입고 데스크로
나갔는데, 일찍부터 장씨 아저씨가 대기실에 찾아와 있었다.
그리고 M이 그 앞에 서 있었다. 그녀의 입에서 탈의실 사물함
어쩌고 하는 소리가 들렸다. 얼마 전부터 사물함 이음새가 헐
거워져 잘 맞지 않는다더니 수리를 부탁하려는 모양이었다. 그
녀는 장씨 아저씨에게 손수 음료까지 따라주며 부탁하는 중이
었다. 그 모습을 보니 웃음이 나왔다. 현관 옆에서 대화중인 그
들을 지나쳐 데스크 안으로 들어가려는데, M의 목소리가 유난
히 크게 들렸다. "참, 여기 통로에 비둘기들이요, 도시락집 아
주머니가 자꾸 먹을 거 줘서 찾아오는 거 아녜요?" 대수롭지
않은 일들이 자신과는 상관없는 질량과 부피를 얻거나 잃는 건
언제일까? 나는 자리에 앉으려다 순간 주춤했다. 무엇보다 그
녀의 얼굴을 쳐다볼 수 없었다. 대신 장씨 아저씨를 쳐다봤다.
그의 눈이 막 확장되는 참이었다. "그 아주머니가 비둘기들한
테 모이 주는 거 다들 봤는데요? 그렇지 언니?" M의 말과 동
시에 나는 장씨 아저씨와 눈이 마주쳤다. 보기는 했지만 그게
아니라고, 그 여인은 그냥 모이를 준 게 아니라 바로 쫓아냈다
고 말하고 싶었지만, 그러지 못했다. 그게 무슨 상관일까? 무
엇보다 이 상황이 이토록 예민하게 받아들여야 할 상황이기는

한 걸까? 이렇게 생각하자 지금 이 순간이 정말 대수롭지 않은, 누구에게도 어떤 영향도 미치지 않고, 지나면 기억조차 하지 못할 순간인 것처럼 여겨지기도 했다. 슬며시 고개를 끄덕이며 장씨 아저씨를 쳐다봤는데, 그는 드디어 뭔가를 발견했다는 듯한 표정이었다.

도시락 가게 여인이 그만두었다는 얘기를 들은 건 그로부터 얼마 뒤다. 어쩐지 도시락 가게도 그 옆 통로도 피하게 되었다. 그러는 동안 장씨 아저씨가 도시락 가게에 찾아가 그 조선족 여인을 타박했다는 소문도 들려왔다. 그 자리에는 가게 사장도 있었고, 건물주도 있었다고 했다. 비둘기로 인한 피해가 생각보다 심해 가게 사장과 건물주를 대동한 것인지, 아니면 장씨 아저씨의 성화에 못 이기고 끌려가 그 자리에 함께 있었던 것인지는 알 수 없었다. 또한 비둘기에게 모이를 주었다는 이유로 도시락 가게 사장이 여인을 그만두게 한 것인지, 아니면 사장과 건물주가 찾아가 그 일로 면박을 준 일을 견디지 못해 그만둔 것인지, 이 일과는 상관없이 여인의 개인적인 사정으로 그만둔 것인지도 알 수 없었다. 다만 확실한 것은 여전히 그 통로에는 많은 비둘기들이 몰려와 배설하기를 멈추지 않는다는 것과 더 이상 여인이 도시락 가게에서 일하지 않는다는 것뿐이었다.

이 모든 것을 말해준 것은 M이다. 병원 뒤쪽 상가에서 점심을 먹고 병원으로 돌아가는 길이었다.

"그래도 설마 그 일 때문이겠어? 그런 일로 그만두기까지야
했을까?" M이 말했다.

"그렇겠지? 그냥 이제 안 그러겠다고 하면 될 일이기는 하니
까." 내가 말했다.

병원 근처에서 장씨 아저씨를 만났다. 아저씨는 건너편 순대
국밥집 조명을 봐주러 가는 길이라고 했다.

"아저씨, 이제 비둘기들 많이 안 와요?" 내가 묻자, M이 옆
구리를 찔렀고, "응, 많이 줄었어."라고 대답한 장씨 아저씨는
서둘러 국밥집을 향해 걸어갔다.

"왜 모이를 줘 비둘기를 불러들이곤 내쫓기를 반복했을까?"

그렇게 말하고 나자 이 물음의 답을 찾으면 도시락집 여자가
그만둔 이유를 알 수 있을 것만 같았고, 그러나, 영영 알지 못
할 거라는 것도 알았다. M은 별 게 다 궁금하다며 면박을 주더
니 점심시간 다 끝나간다며 발걸음을 재촉했다. 나도 그녀의
뒤를 쫓아 발걸음을 서두르며, 그래 별 것 아닌 일이니까, 대수
롭지 않은 일이니까, 라고 생각했다. 그러자 마음이 편해지는
것도 같았다. ✦

"여러분…… 하느님 여기 없어요. 하느님은 여기 없어요."

임세화 _ 1984년 대전 출생. 동국대 국문과 박사수료. 2007년 창비신인문학상에 소설이 당선되어 등단. e-mail:eienin@hanmail.net

스마트소설박인성문학상 후보작
임세화

폭소

곰치에게서 한 달 넘게 편지가 오지 않고 있었다. 문득 그 사실을 깨달은 건 회식이 끝난 뒤 탔던 지하철에서였다.

자정 무렵의 금요일 지하철에는 비릿한 알코올 냄새와 고기기름 냄새가 떠돌았다. 혹시라도 술에 취하면 이번 프로젝트 진행에서 느꼈던 불합리와 더러운 감정들을 팀원들에게 부지불식간에 쏟아놓게 될까봐 술은 거의 마시지 않은 상태였다. 스크린 도어가 열리자마자 훅 끼쳐오는 탁한 공기 속으로 걸어가며 나는 빈 좌석 중 어느 곳에 앉을까 두리번거렸다. 열차 안의 사람들은 대부분 휴대전화를 들여다보며 무언가를 하고 있거나 통화 중이었다. 나도 자리에 앉자마자 휴대전화를 꺼내 들었지만 딱히 연락할 사람도, 검색하고 싶은 것도 없었다. 혼자 멍하니 맞은편을 보고 있기가 민망해져서 나는 이어폰으로 귀를 막고 졸리지도 않은 눈을 감았다. 집에 들어가는 길에 편의점에 들려 맥주라도 몇 캔 사서 마시고 자야겠다고 생각한 순간 곰치가 떠올랐다.

곰치를 처음 본 건 클라이언트를 만나고 회사로 돌아오던 지하철에서였다. 자세히 살펴보지도 않고 이런저런 트집을 잡으며 애매한 표정을 짓는 그의 태도를 부장에게 어떻게 설명해야 할까. 이번 계약은 완전히 망했다고 생각하며 욕지기를 참고 있던 내 신경은 "여러분……"이라고 크게 말하고 잠시 뜸을 들이는 남자에게로 자연스럽게 향했다. 객실의 한쪽 끝에 서서 큰 목소리로 승객들의 이목을 끌고 있는 그는 곰치였다.

곰치는 빳빳해 보이는 하얀 긴팔 와이셔츠와 양복바지를 입은 정장 차림에, 진흙이 말라붙은 파란 등산화와 초록색 등산 가방을 두르고 있었다. 밋밋한 이목구비의 통통한 얼굴과 짧은 목이 마치 물고기의 그것처럼 몸통과 뚜렷한 경계 없이 와이셔츠 위로 솟아나 있었다. "여러분"이라고 크게 외쳤지만, 곰치의 시선은 승객들이 아닌 객차의 천장 부근을 불안정하게 떠돌았다. 가슴팍 앞까지 올려 든 왼손은 수전증이 있는 사람처럼 떨고 있었다. 그것은 갑작스레 많은 사람 앞에 선 사람의 떨림 같기도, 신체적인 장애를 가진 사람의 증상 같기도 했다.

오후 3시, 지하철 승객들의 이목이 자신에게 집중된 것을 확인한 곰치는 다시 입을 열었다.

"여러분…… 하느님 여기 없어요. 하느님은 여기 없어요."

곰치의 말이 채 끝나기도 전에 곰치를 향했던 수십 개의 시

선들은 다시 제자리로 돌아왔다. 나 역시 다른 승객들과 마찬
가지로 왼쪽으로 한껏 틀었던 고개를 원래대로 돌렸다. 하느님
이 여기 없는 건 당신도 알고 나도 알고 회사에서 펜대 굴리며
졸고 있는 박 부장도 안다, 이 답답한 사람아. 안 그래도 더운
날씨에 짜증이 치밀었다.

"여긴, 여긴 하느님 없어요. 여긴 하느님이 버렸어요. 신은
여기 없어요……."

나직하지만 분명한 발음과 음성으로 곰치는 반복해서 말했
다. 마치 당신들이 모르는 비밀을 자신이 특별히 몰래 알려주
기라도 한다는 듯이.

사람들 앞에 선 그가 떨고 있었다는 것을 알아챈 것은 미세
하게 흐릿한 끝말과 왼손 때문이었다. 객차의 중간문 앞에 서
서 말을 마친 곰치는 더 이상 손을 떨지 않았다. 어쩌면 울 것
같은 표정으로 어정쩡하게 선 그에게 누구도 대꾸를 하지 않았
다.

포교든 장사든 지하철 승객을 상대로 뭔가를 하려면 좀더 뻔
뻔하고 당당해야 하는 게 아닌가. 그게 프로의 자세가 아닌가,
라고 생각한 순간 성과 없이 빈손으로 회사로 돌아가는 내 모
습이 다시금 떠올랐다. 제발 프로답게 할 수 없겠냐는 질타는
박 부장의 단골 멘트였다. 옆 객실로 이동하려는 건지 계속 서
있으려는 건지 알 수 없는 자세로 선 그를 힐끗 보면서 나는 자
리에서 일어나 내렸다.

곰치는 나를 기억하지 못하겠지만, 그게 곰치와의 첫 만남이었다. 곰치와의 두 번째 만남은 그로부터 한 시간이 채 지나지 않았을 무렵 회사 근처의 천변에서 이루어졌다. 초여름이었지만 강수량이 적어 가물었던 터라 하천의 물은 한눈에도 얕아보였다. 하천 공사를 한 뒤로 물고기들이 떼로 죽어 올라온다는 기사를 종종 보았던 탓인지, 물가를 덮은 녹조 사이로 민물고기의 사체들이 함께 떠다니는 듯했다. 될 대로 되라는 심정으로 맥주 한 캔을 샀지만, 뚜껑만 따고는 한 모금도 마시지 못한 채로 나는 한량없이 줄담배만 피우고 있었다.

나는 당장 회사를 그만두게 되었을 때, 일을 하지 않고도 살아갈 수 있는 최대의 기간을 계산했다. 실업급여와 퇴직금, 구직활동비, 생활비, 보험료 등의 가감을 합산해 시간들을 예상하는 건, 시한부 환자에게 남은 삶의 최대치와 최소치를 계측하여 알려주는 의사의 선고처럼 무력한 일이었다. 결국 얻게 되는 결론은, 내가 당장 할 수 있는 일이란 아무것도 없다는 것뿐이었다. 다른 회사로 이직을 한다고 해도 크게 달라질 것은 없었다. 이 모든 무력감과 권태가 전처와의 결혼과 이혼 탓이라는 결론에 다다르는 것 또한 달라지지 않았다.

하지만 내가 결코 전처를 원망하거나 그리워하는 건 아니라고 애써 되뇌고 있을 때, 곰치는 다시 내 앞에 나타났다. 나타났다기보다는 행동을 시작했다는 편이 더 적절할 것이다. 곰치는 메고 있던 등산가방을 내려놓고 신발을 조심스럽게 벗어놓왔다. 그것은 어떤 의식처럼 절차와 권위를 가진 행동 같았다. 열을 맞춰서 물건들을 가지런히 정리한 후에 곰치는 뚝방 위에서 개구리처럼 풀쩍 뛰어내렸다.

가물어서 물이 적은 상태였지만 수심이 어느 정도인지는 정확히 알 수 없었다. 나는 잠시 고민에 빠졌다. 결국 천의 깊이를 알 수 있는 건, 곰치가 천의 바닥을 딛고 일어나는지 그럴 수 없는지를 본 후에야, 혹은 물속에 들어간 곰치 자신뿐이었다. 나는 벤치에서 일어났다. 접시물에 코를 박아도 잘못하면 죽을 수 있다던 말과 동시에, 지금 이 천변에는 나밖에 없다는 사실이 떠올랐다.

"저기요…… 이봐요!"

나는 일렁이는 수면 위를 향해 소리쳤다.

"이봐요! 내 말 들려요?"

그게 곰치와의 두 번째 만남이었다. 그날 팀원인 장과 박 부장에게서는 각각 두 통의 부재중 전화가 왔다. 퇴근 시간이 한참 지난 것을 확인한 후에야 나는 회사로 돌아가던 길에 사고가 났다는 변명을 문자메시지로 둘러댔다.

물에서 건져낸 곰치는 생선처럼 파닥거렸다. 가장 깊은 곳의 수심이 고작 어깨높이에 불과하다는 것을 안 건 허리높이의 물속에서 한 걸음씩을 조심스럽게 내딛은 이후였다. 나는 급히 꺾어온 긴 나뭇가지로 바닥을 짚고 한 발씩 내딛으며 천천히 물길을 걸었다. 여차하면 다시 물 밖으로 나올 생각이었지만, 다행인지 불행인지 수심은 깊지 않았다. 곰치를 건져내지 않았다면 그는 영영 물속에서 나오지 못했을까. 그에 대해서는 이후로도 가끔 생각하긴 했지만 결코 알 수 없었다. 그러나 어쩐지 물에 잠겨 허우적대던 그의 몸짓이 물 밖에서보다 훨씬 자연스러웠다는 생각은 내내 지워지지 않았다.

녹조 낀 물에 푹 젖은 내 꼴을 보면서 곰치는 무언가 말을 할 듯 말 듯 두터운 입술만 움찔거릴 뿐 좀처럼 입을 열지 않았다. 나는 생쥐 꼴로 회사에 들어갈 생각에 짜증이 났고, 서둘러 이 자리를 벗어나야겠다는 생각뿐이었다. 물에 젖어 몸에 척척 들러붙는 옷 끄트머리를 짜내며 걸음을 옮기자 그는 내 연락처를 요구했다. 나는 그와 더 엮이고 싶은 생각이 없었기 때문에 손을 내저었다. 그런데 그는 선생님, 이라고 나를 부르면서 자신은 반드시 연락처를 받아야하겠다며 강경한 태도를 보였다.

그가 자신을 곰치라고 소개한 건 내 명함을 받아든 직후였다. 내 명함에는 언제 그만 두게 될지 모르는 회사의 이름과 전화번호, 메일주소가 적혀 있을 뿐이었는데 그는 중요한 무언가를 읽듯이 한참동안 유심히 명함을 들여다보았다. 숱이 적은 그의 머리칼을 타고 비린내 나는 물이 뚝뚝 흘러내렸다.

"저는 곰치라고 합니다."

자못 진지한 태도로 자신을 소개하는 그에게 나는 뭐라 대꾸를 해야 할지 망설였다. 그러나 내 반응과는 상관없다는 듯이 그는 자신을 소개했다. '곰치'는 그의 실명이 아니라 인터넷 커뮤니티의 닉네임이었다. 그는 내게 전화번호도 이름도 알려주지 않았다. 그러나 그건 내게 중요한 문제가 아니었다. 그와 관련해 내가 더 알고 싶은 것은 없었다. 그런데도 젖은 옷이 바짝 마르고 날이 저물 때까지 그와 천변에 앉아 있었던 것은 더 이상 아무것도 하고 싶지 않은 급작스러운 무력감 때문이었다.

곰치와 나는 천변 입구에 있는 편의점에서 맥주를 잔뜩 사서 더 이상 마시면 배가 터질 것처럼 느껴질 때까지 마셨다. 시원했던 맥주캔에는 금세 이슬이 맺혔고 점차 미지근해졌다. 희멀건 얼굴에 목이 짧고 살집이 통통한 곰치는 이십 대 초반처럼 보이기도 했고 사십 대 후반처럼 보이기도 했다. 통통한 볼에 붙은 앳된 느낌은 미간과 이마에 깊이 새겨진 주름과 묘한 부조화를 이루었다. 무언가를 짐작하기 어려울 만큼 그는 말수가 적은 편이었다.

그가 내 벤치에 놓여 있던 뜨뜻해진 맥주를 들어 자연스럽게 마시기 시작했을 때 나는 곰치가 무슨 중요한 말이라도 하려는 듯한 인상을 받았다. 그러나 그날 주로 이야기를 한 것은 내 쪽이었고, 곰치는 간간히 고개를 끄덕이거나 짧게 감탄사를 내뱉을 뿐이었다. 살에 파묻힌 희미한 이목구비 때문인지 어스름한 저녁의 공기 때문인지 곰치의 표정이나 말투에서는 감정의 변화가 느껴지지 않았다. 그날 나는 어떻게 집에 갔던 것인지 기억도 나지 않을 만큼 만취했다. 다음 날 아침 눈을 떴을 때 떠오른 생각은 우리는 다시 볼 일이 없을 사이라는 것, 회사에 지각하지 않으려면 서둘러 출근을 준비해야 한다는 것 정도였다.

곰치에게서 메일이 오기 시작한 것은 그로부터 사흘 정도가 지난 후였다. 당연히 나는 곰치와의 만남을 까맣게 잊고 있었고, 한편으로는 곰치의 둥근 어깨를 부여잡고 엉엉 울었던 것 같은 어렴풋한 기억 때문에 그다지 떠올리고 싶지도 않았다. 물론 곰치와의 대화가 잘 기억나지 않는 건 그런 이유 때문만은 아니겠지만.

곰치는 지독한 놈이었다. "선생님, 어디에 계신가요?"로 시작되는 지긋지긋한 문장으로 시작되는 장문의 메일을 일주일에 서너 통씩 회사 계정의 내 메일로 보내왔다. 선생님, 이라는 호칭과 정중한 말투에도 불구하고 그가 나를 원망하고 있다는 것을 충분히 알 수 있었다. 초반에는 답장을 보내야 할지, 보낸다면 무슨 말을 적어야 할지 고민하기도 했다. 그러나 의례적인 말로 그에게 어떤 응답을 하거나 위로를 하려 든다면 그건 관계를 더 복잡하게 만드는 일일지 몰랐다.

곰치의 메일에 담긴 구구절절한 그의 불행에 대하여 나는 더 생각하고 싶지 않았다. 어쩌면 그런 이야기들은 꾸며낸 이야기이거나 지나치게 과장된 수사들을 동반하고 있는 것이라는 생각도 들었다. 곰치의 메일을 읽는 것만으로도 그의 불행이 세균처럼 증식해서 나에게 전염되어 덮쳐오는 느낌이었다. 그의 길고 아픈 시간들을 내가 다시 살아내고 있는 것 같았다.

더 참을 수 없었던 것은 그가 나를 원망하고 있다는 사실이었다. 정중한 문구로 치장하고 있지만 그것은 명백한 비난이었다. 내가 그의 목숨을 구태여 살리려 들었던 것은 확실히 주제넘은 일이었다. 곰치의 편지 내용처럼, 나는 그를 물에서 억지로 끌어내어 천변에 던지듯 부려놓았을 뿐이고, 그 이전과 다를 바 없이 곰치의 삶을 압도하고 있는 절망과 고통은 감사하게도 여전한 것이었다. 그렇다면 도대체 나는 무슨 짓을 한 거란 말인가.

곰치의 메일은 스팸처럼 불시로, 그리고 자주 도착했다. 업무 메일들 사이에 섞인 곰치의 메일을 확인할 때마나 나는 거의 노이로제에 걸릴 지경이었다. 나는 내가 요즘 얼마나 힘든 상태인지, 그러니까 계속해서 나빠지는 회사 사정과 전처의 재혼, 부모님의 걱정, 늘 피곤한 몸 상태 등에 대해서 장문의 메일을 적었다. 불행은 당신에게만 가득한 것이 아니라는 것을 알려주겠다는 듯이 긴긴 문장들을 적었지만, 쓰다 보니 어쩐지 밀려드는 허탈감에 나는 폭소를 터트리고 말았다. 곰치가 어렵고 아프게 도달한 최선의 답에 재를 뿌려놓고, 나는 어쭙잖게 그를 훈계하다가 위로하다가 결국에는 불평을 하고 있던 것이다. 눈가에 그렁그렁 눈물이 맺힐 정도로 한참을 깔깔 웃다가 나는 메일을 쓰던 창을 닫아버렸다. 곰치의 메일계정을 스팸메일로 등록할지 잠시 고민했지만 그마저도 그만 두었다.

곰치가 말한 커뮤니티는 나도 가입되어 있고, 종종 댓글을 남기기도 하는 곳이었다. 의도치 않았지만 때때로 나는 곰치가 올린 잡담 글이나 사진 같은 것을 보았다. 그가 올린 기괴한 모양의 돌멩이나 부패한 짐승의 사진 따위가 직접 찍은 것인지는 알 수 없었다. 그가 쓴 글은 한 사람이 쓴 것들이 맞나 싶을 정도로 유쾌하거나 날카롭거나 기괴했다. 그러니까 그 글들은 오락가락했다. 나에게 보내오는 메일들의 한결같은 정조와는 달랐다. 커뮤니티의 곰치가 내가 아는 곰치가 아닐 수도 있다는 생각이 들었다.

일 년 넘게 끈질기게 이어지던 곰치의 편지가 오지 않은 지한 달이 넘었다는 사실은 그다지 나쁘게 느껴지지 않았다. 휴대전화를 켜서 커뮤니티에 올라왔을 곰치의 글을 찾아볼까 하다가 그만 두었다. 쿰쿰하고 비릿한 지하철의 냄새 때문인지 마시다 만 술 때문인지 멀미가 날 것 같았다. 전광판에는 다음 정류장을 알리는 안내 문구가 깜빡이고 있었다. 나는 발 끝에 힘을 주어 몸을 일으켰다. 스크린도어가 열렸다. ✶

스마트소설박인성문학상 후보작
전용희

지하철 결혼식 당신 계획이지? 그런 머리로 취업삼수가 말이 되나

전용희 _ 2016년 『문학나무』 봄호 등단. e-mail:benedicta1 @ hanmail.net

지하철 결혼식, 그 후

안녕, 친구들. 지하철 결혼식을 기억해? 벌써 10년이나 지났으니 가물가물할 만도 하지. 간략하게나마 설명하고 넘어가는 게 순서 같아.

— 신랑은 계속 울고 있는 신부의 손을 잡고 말했어.

안녕하십니까? 저희가 여기에 선 이유는 결혼식을 하기 위해섭니다. 전 고아로 자랐습니다. 남들처럼 예식장에서 결혼식을 올릴 형편이 못돼서 저희가 처음 만난 이 5호선에서 결혼식을 올리기로 하였습니다.

가난한 고아출신 커플 결혼식에 하객은 많지 않았지만 박수소리는 그 어느 예식장보다 컸어. 동영상이 뜬 인터넷 게시판은 조회수가 너무 많아 다운 될 지경이었지. 오래전 일인데도 선명히 기억한다고? 당연하지, 그 결혼식은 바로 내 작품이거든.

그때 나는 배고팠어. 면접 볼 기회는커녕, 서류전형에서 연거푸 서른 번째로 미끄러진 날이야. 비장한 결심을 하고 연극하는 후배를 만났어. 무대 장치 철수를 거들고 있던 후배는 대학로까지 온 이유를 묻더군. 나는 장소를 옮긴 다음 지하철 결혼식 연극을 제의했어.

— 공짜 연극표도 싫다던 이공계 출신 형에게 무슨 바람이 분 거야.

나는 진지했지만 후배는 빈정거렸어. 감동이 메마른 시대에 예술가들 책무에 대해 말할 때 녀석은 피식 웃기까지 하더군. 우연히 들었던 통화내용을 떠올린 건 내게 어떤 저의가 있나, 의심하는 눈초리를 보고 나서야. 후배는 휴대폰에 대고 젊은 예술가들이 설 자리 없는 현실에 분통을 터트렸거든. 당시만 해도 후배 같은 애송이가 설 공간은 지금보다 훨씬 제한적이었어. 이번 연극으로 지하철은 예술 공간으로 거듭나게 될 것이란 말이 결국 결정타가 되었다네. 후배는 출신대학 연극동아리 학생들과 의논해 보겠다고 순순히 대답했어. 며칠 뒤, 내 휴대폰에 지하철 결혼식 날짜와 시간과 장소가 문자로 들어왔어.

드디어 지하철 결혼식 날이야. 나는 마을 버스비를 아끼려고 지하철역까지 걸어갔어. 후배와 학생들은 역에 먼저 와 있더군. 지하철 결혼식은 초안부터 후배의 머리에서 나온 것으로 입을 맞춰 놓았었어. 녀석과 나는 서로 눈이 마주쳤는데도 못

본 척 했어.

후배의 큐 사인을 기다리는 동안 시간이 굉장히 느리게 지나갔어. 혹시라도 일정이 취소되면 어쩌나, 걱정하는데 연극이 시작되었어. 후배와 학생들은 연습을 많이 했나봐. 지하철 결혼식은 연극이 아니라 실제 같았어. 승객들은 잠시 의아해했지만 곧 연극에 빠져들었어. 신랑이 신부 손가락에 반지를 끼울 때 승객들은 눈에 눈물이 고인 채로 박수치며 환호했어. 그러니까 승객들은 자신도 모르는 사이 배우가 되어 하객 역을 해낸 거였어. 나는 다만 관찰자였어. 단 한 번도 호의적이지 않았던 세상에 엿 권하는 관찰자. 어떤 아주머니가 신랑신부의 등을 두드리며 격려하는 모습까지 보고 지하철역을 벗어났어.

지하철 결혼식이 연극이었다는 사실은 얼마 못가서 밝혀졌어. 감동이 컸던 만큼 후폭풍이 거셌어. 입을 가벼이 놀린 방송사에선 뒤늦게 정정 보도를 내며 자신들도 낚였다고 표현했어. 지하철 결혼식 소동을 보는 사람들 반응은 극과 극이었어.

— 지하철 결혼식은 연극반 학생들이 세상을 무대로 벌인 맹랑한 사기극이다. 묵과할 일이 아니다.

— 그 정도 해프닝은 '관용의 영역' 안의 일이다. 우리는 이미 그만큼 성숙하다.

내 골방으로 잠수 탄 후배 앞에서 나도 댓글을 달아야만 했어.

— 팩트인줄 알고 감동했던 사람들은 패씸한 기분이 들겠지

만 그건 학생들 책임이 아니다. 사실 확인 과정도 없이 호들갑
떤 매스컴 탓이다.

　불면증에 걸린 후배가 간신히 잠든 대낮이었어. 휴대폰 벨이
요란하게 울렸어.

　─ 지하철 결혼식 당신 계획이지? 그런 머리로 취업삼수가
말이 되나.

　매스컴 업계에서 잔뼈를 키운 A기획 이 부장이란 자의 정보
력은 과연 대단하더군. 이 부장은 내게 간단한 서류 구비하고
면접을 보러오라 말했어.

　A기획에 입사해서 처음 맡은 일은 수입 소고기 파동 잠재우
기였어. 나는 회사 전산망을 이용해 참신한 미녀들을 섭외했
어. 늘씬한 그녀들이 수입 소고기 먹는 장면을 방송에 내보내
는 일도 식은 죽 먹기였지. 맡은 일마다 막힘이 없었는데 AI 때
는 막혔어. AI 충격파가 어찌나 큰지 오리고기를 먹겠다는 사
람이 나서지 않는 거야. 어쩔 수 없이 내가 시식대에 앉을 수밖
에. 가뜩이나 찜찜한데 NG는 왜 그렇게 났는지 몰라. 그때 질
렸는지 오리고기는 지금도 노 쌩큐야. 나중에 육류수입업계와
가금류협회에서 사람을 보내 고맙다고 인사하더군. 가뜩이나
어려운 업계를 도왔다며 이 부장도 옆에서 한 마디 거들었어.

　A기획에서 독립해 나온 건 불과 3년 전이야. 월급쟁이 생활

빤한데도 그 회사에서 오래 버텼어. 내 회사는 규모는 작아도 일이 계속 들어와. 오늘 오전엔 유명인사 추문을 인기 연예인 교제설로 덮느라 정신없이 바빴어. 그 인사, 오늘 밤부터는 발 뻗고 자게 될 거야. 사람들 관심은 늙은이의 구지레한 추문보다 쌈빡한 청춘남녀 로맨스 쪽으로 기울게 마련이거든. 오후에는 피곤을 풀려고 호텔 사우나 예약까지 마쳤는데 또 일거리야. 예민한 안건에 대한 중대발표가 터질 것이란 정보가 비밀회선에 뜨고 있어. 이 건은 오존으로 덮어야겠네. 오존에 6시간 이상 노출 되면 기도가 수축되고 마른기침이 나며 가슴이 답답해져. 오존은 폐로 들어가서 염증과 폐수종을 일으키기도 하는 무서운 물질이야. 대중의 집중을 신속히 돌리는 데는 건강관련 정보를 최대한 부각시키는 게 경험상 가장 효과적이었어. 게다가 나로선 대국민 건강에 기여했다는 자부심도 만만찮아.

미안하지만, 친구들. 오랜만에 만났지만 이만 헤어져야겠어. 친구들도 부디 오존 조심하고 건강하게 잘 지내. ✶

무엇보다 그녀는 내가 사자 앞에서 오줌을 싼 사건을 몰랐다

정광모 _ 부산 출생. 2010년 『어서 오십시오, 음치입니다』로 『한국소설』신인상 수상
데뷔. 부산대학교, 한국외국어대학 정책과학대학원 졸업. 저서 『또 파? 눈먼 돈 대한
민국 예산』. 소설집 『작화증 사내』로 2013년 부산 작가상 수상. 2015년 『작가의 드
론독서1』 발간. 2015년 장편소설 『토스쿠』로 아르코문학창작기금 수혜. 2016년 장
편소설 『토스쿠』 출간. e-mail:jmolaw@hanmail.net
블로그 주소 http://blog.naver.com/jmolaw, 문학 로돕신

야구와 트럭과 사자

나는 대주자다. 100미터를 11초에 달리는 빠른 발이 장점이다. 9회에 1점이 아쉬울 때 발이 느린 주자를 대신해 누상에 나간다. 대타도 뛴다. 그러나 대타 기회는 드물다. 1루에 대주자로 나서면 나는 대개 도루한다. 도루 성공률은 높다. 그만큼 투수 견제도 심해서 투수가 견제구를 던질 때마다 1루로 슬라이딩하는 바람에 내 유니폼은 흙에 젖고 찢어지기도 한다.

대주자의 삶은 각박하다. 연봉은 낮고 야구선수로서의 미래도 보이지 않는다. 적당한 때를 골라 그만두고 지도자 길로 나서야할까 고민 중이다. 그런 고민에 싸인 나는 까닭 없이 만만한 누군가를 괴롭히고 싶다. 하지만 야구팀 안에 내 아래로 기어야 할 놈은 아무도 없다. 미국에서 건너온 타자 응구아가 그나마 내 상대가 될 만하다. 응구아는 자신의 부족에서 정한 이름이고 루이스라고 불린다. 미국 메이저리그에서도 두 시즌을 뛰었다고 한다. 처음에 우리 팀에 왔을 때는 홈런도 뻥뻥 때리고 하더니 6월부터는 2할 3푼의 타율로 주저앉아 감독의 눈치를 보고 있다. 루이스는 늘 자신이 뼈대 있는 왕족 출신이라고 말했다. 루이스의 이야기를 들어보면 왕족보다는 부족장 정도가 아니겠는가 싶다. 그런데 아프리카 땅이 워낙 넓다 보니 그 부족이란 것이 유럽의 왕족이 차지한 땅 정도는 된다는 것이 루이스의 주장이다. 어쨌든 나는 루이스를 챙겼고 루이스는 나를 챙겼다. 우리 둘은 친하게 지냈다.

우리 팀은 시즌이 끝나가는 막판에 추격전을 벌였고 루이스도 홈런을 많이 쳐냈다. 루이스는 홈런을 치면 홈베이스를 밟고 오른발을 두 번 쿵쿵 굴렸다. 왕족이 전투에서 상대 전사를 죽이고 취하는 행동이라고 했다. 그러나 결국 가을야구에는 올라가지 못하고 시즌을 끝내야만 했다. 1년 계약으로 팀에 들어온 루이스가 다음 시즌에 재계약이 될 가능성은 반반이었다. 시즌이 끝나면서 바로 잘리기도 하는 다른 외국인 선수에 비하면 다행이었다. 프런트는 미국 메이저 리그와 마이너 리그 트리플 A팀에서 적당한 선수를 찾는 눈치였다. 그러나 늘 그렇지만 그 적당한 선수라는 것은 구하기 쉽지 않다. 한국에서 1년이라도 적응한 선수가 더 낫다는 결론이 내려지기 십상이었다.

루이스와 나는 시즌 마지막 날 라커룸에서 말다툼을 벌였다. 루이스가 같잖게 왕족 운운해서 나는 한바탕 퍼부어주었다. 이제는 한국말도, 아니 한국 욕도 곧잘 알아먹는 루이스가 얼굴이 뻘개져서 말했다. 아프리카에서 우리 왕족을 직접 보여주겠다. 그는 자신의 뿌리인 칸지고 왕족을 무지무지하게 자랑스럽게 말하곤 했다. 나는 좋다고 말했다.

예방주사를 몇 대 맞고 아프리카로 가는 우라지게 긴 여정에 올랐다. 먼 길을 나서고 만 것이다. 왜 그랬을까. 어쩌면 기린과 사자와 얼룩말을 마음껏 보려고 그랬는지도 모른다. 내 속을 들여다보면 사실 나는 아프리카로 떠나고 싶었던 것이다. 대주자로 달리기만 하는 꽉 막힌 현실에서 탈출한다면 남극이나 아프리카 어디라도 좋았다. 이왕이면 남극보다는 초원이 펼쳐진 따뜻한 아프리카가 훨씬 더 좋았다.

파리로 가서 비행기를 갈아타고 서아프리카로 가서 다시 비행기를 탔다. 그리고 또 환승을 해서 코트디부아르의 아비잔 공항에 내려 루이스 가문인 왕족이 산다는 마을로 버스를 5시간 타고 가야만 했다. 버스는 손님이 다 타야만 떠났고 초원과 작은 도시를 가로질러 다니면서 두 번 고장이 났다. 그래서 결국 루이스의 왕족 고향에 도착한 것은 버스를 탄 후 9시간 30분이 지나서였다. 나는 비포장도로를 덜컹대며 달리는 버스에 완전히 녹초가 되었다. 넓고도 넓다는 루이스의 왕족 마을은 어둠에 가려서 보이지 않았다. 해가 지면 그 왕족 마을은 손님을 들이지 않았다. 그래서 나와 루이스는 마을에서 떨어진 손님용 오두막에서 하룻밤을 묵어야만 했다. 루이스가 왕족 가문이 맞다면 아마도 세계에서 가장 가난한 왕족 출신임이 분명했다. 오두막은 흙벽이었고 지붕은 함석으로 이었고 흙바닥은 나무 침상이 두 개 놓여 있을 뿐이었다.

다음날 아침에 루이스는 나를 왕족 우두머리에게 소개했다. 우두머리에게 가는 길에는 그의 소유라는 물소와 닭과 돼지가 많이 돌아다니고 있었다. 그 우두머리는 내가 예상한 것보다는 부유한 것 같았다. 왕족의 우두머리가 사는 집에 왔다. 왕족의 우두머리면 왕이어야 하지만 루이스는 꼭 우두머리라는 표현을 썼다. 벽돌로 만든 집은 넓고 튼튼했다. 그런 집이 두 채 더 있었고, 둘째와 셋째 부인이 각각의 집을 차지하고 있었다. 집의 중앙에 긴 탁자가 놓인 곳이 손님을 접대하는 곳인 모양이었다. 우두머리는 내게 무슨 일을 하느냐고 물었다. 주위에는 동양인이 신기해서인지 우두머리의 부인들과 아이들, 그리고 이웃들이 빼곡하게 모여들었다. 나는 대주자로 말할까 하다가 더 폼이 나는 대타로 말하기로 했다. 나는 야구방망이 비슷한 나무를 하나 들고 가져간 야구공을 들어 치는 시늉을 했고 이런 일을 하며 돈을 번다고 했다. 우두머리와 제 1, 2, 3 부인들과 이웃들이 모두 나를 정신 나간 사람으로 보는 것 같았다. 루이스는 인상을 찌푸린 채로 근엄한 표정으로 앉아 있었다. 루이스가 우두머리의 말을 전해 주었다. 방망이로 공을 쳐서 돈을 번다니 도저히 믿을 수가 없다고 했다. 방망이로 공을 치면 어떤 효험이 있는지 우두머리가 물었다. 예컨대 비가 온다든지, 곡물이 잘 자란다든지, 돼지가 새끼를 많이 낳는지를 물었다.

나는 그런 효과는 하나도 없다고 말했다. 이건 그저 오락이다. 즐겁게 노는 게임이라고 말했다. 둘러선 모두가 나를 허풍쟁이로 바라보았다. 나는 루이스가 침묵하고 있는 게 마음에 걸렸다. 루이스도 똑같은 일을 하지 않는가 말이다. 나는 루이스를 가리키며 나와 똑같은 일을 한다고 말했다. 루이스가 고개를 흔들며 뭐라고 말하자 모두가 놀란 표정으로 나를 쳐다보았다.

나는 자존심이 상했다. 그래서 우두머리에게 말했다. 내가 대타로 뛰며 받는 돈이면 당신이 소유한 물소와 돼지와 닭을 모두 살 수 있다고 말했다. 우두머리의 얼굴 표정이 싹 변했다. 그의 눈은 이글이글 타올랐고 근육이 솟은 팔은 나를 금방이라도 칠 것처럼 부풀어 올랐다.

루이스의 친척이 사는 집에 가서 나는 주민들이 왜 놀랐는지, 우두머리가 왜 화가 났는지 알았다. 우두머리의 집만큼이나 벽돌로 잘 지어진 집의 거실에는 커다란 사진이 걸려 있었다. 루이스는 엄청나게 큰 트럭 옆에 서 있었다. 그 트럭 옆에는 운전석 양 옆으로 배기가스를 뿜는 기둥이 솟아 있어 꼭 괴물의 귀처럼 보였다. 미국 서부나 호주의 대형 트럭 옆에서 찍은 사진 같았다.

루이스가 말했다. "여기는 트럭 운전사를 최고로 치지." 내가 말했다. "무슨 소리야. 야구선수도 괜찮아." "돌았어? 방망이로 공을 치면 돈을 번다고! 그게 제 정신으로 할 말이야. 내가 여기 살아도 믿지 않을 거야." 루이스는 내가 우두머리의 물소와 닭과 돼지를 모두 살 수 있다고 말한 것은 큰 실수였다고 했다. 그건 내가 우두머리 자리에 오르겠다는 도전이라는 것이었다. 아니 그러면 내 말을 전하지 말지. 루이스는 내가 한 말을 통역하지 않으면 더 큰 화를 부를지 모른다고 말했다. 뭔가 숨기는 것은 우두머리에 대한 모욕이었다.

나는 내 실수에 대한 대가를 치러야 했다. 다음날 나는 마을의 청년들과 함께 사파리를 떠났다. 청년들은 겉옷 하나에 창을 하나씩 들었다. 두 시간 초원을 걸어서 도착한 곳에 정말로 사자 가족이 있었다. 사자들은 높이 솟은 나무 아래서 쉬고 있었다. 멀리서 사자를 보기만 해도 몸이 오싹했다. 그런데 창을 곧추 세운채로 나와 함께 간 청년들은 내게 창 한 자루를 건네주고 뒤로 빠져버렸다. 왕족이라고 떠벌리던 루이스도 함께 빠져나가 나를 구경하고 있었다. 나는 문명 세계에서 온 신발을 신고 얇은 티를 입고 있을 뿐이었다. 손에는 금방이라도 부러질 것 같은 창 한 자루만을 들고서였다. 무기로 따지면 나는 원시인으로 돌아가버렸다. 그런데 수사자 한 마리가 일어나서 어슬렁어슬렁 나를 향해 다가왔다. 나는 뒤돌아서서 도망가려고 했다. 그러나 내 몸은 꼼짝도 하지 않았다. 창을 움켜쥐었으나 들어 올릴 힘조차 없이 얼어붙어 있었다. 1루에서 2루까지 번개같이 달리던 내 다리는 딱딱하게 굳어 있었다. 내 뒤에서 청년들이 웃는 소리가 들렸다. 수사자는 내 앞 스무 걸음 앞까지 와서 나를 향해 포효했다. 아프리카 초원에서 듣는 사자의 생생한 포효는 놀라웠다. 내 허벅지와 종아리를 타고 누런 액체가 흘렀다. 몸을 엉거주춤 숙이고 어떻게든 경직된 몸을 움직이려 애썼다. 기절하지 않기 위해서도 대단한 용기가 필요했다. 11초에 100미터를 달리는 대주자 실력을 발휘해서 달아나지 않은 것만도 대단했다. 내 뒤에 있는 청년 무리들은 이제는 배를 쥐고 폭소하고 있었다. 그들은 대단한 축제장에 온 것처럼 발을 굴리고도 있었다.

마을로 돌아오자 내 소문이 쫙 퍼졌다. 마을의 처녀들은 모두 나를 불쌍하게 바라보며 수군대었다. 창 한 자루를 들고 사자 앞에 서서 사자를 공격하는 춤을 추는 것은 마을의 전통적인 성인의식이었다. 사자 앞에서 오줌을 싸는 사람은 아무도 없었다. 하여튼 그런 상상할 수 없는 비겁한 일이 벌어지면 그 청년과 결혼할 여자는 아무도 없었다. 동네 처녀들은 모두 저 불쌍한 황색 청년이 고향에 돌아가도 홀로 늙는다고 생각하고 있었다.

사자 앞에서 벌인 내 추태를 들은 우두머리는 만족스러운 얼굴이었다. 그는 내 어깨를 두드리며 나를 격려했다. 우두머리는 길게 말했는데 나는 사자 앞에 처음 서면 모두들 그렇게밖에 할 수 없다는 격려의 말인 줄 알았다. 루이스의 말에 따르면 이런 비겁한 자는 자신의 마을에서 재울 수 없으니 멀리 떨어진 손님 접대용 오두막으로 가야 한다는 말이었다. 내가 이 마을 청년이 아니어서 다행이었다. 여기 성인식을 치르는 청년이

스마트소설박인성문학상 후보작
정광모

사자 앞에서 비겁하게 물러선 예가 없었다고 한다. 사자가 귀찮아하며 비켜주면 다행이지만 몇 명은 사자와 치킨게임을 하다가 사자에게 물려 죽기도 했다고 한다. 사자도 성인식을 치르는 청년과 싸우면서 여러 마리 죽었다고 한다. 사자는 편히 쉬는 자신들 앞에 와서 창을 흔들며 자극하는 인간을 어떻게 생각할까? 그들 사자도 청년들이 성인식을 치르는 줄 알고 적당하게 포효하면서 물러나지 않을까? 수백 년에 걸친 성인식을 지켜보면 사자도 충분히 학습이 되었을 것이다.

　루이스, 자칭 왕족 우두머리의 친족인 그도 성인식을 치렀을까? 그는 미국에서 태어나고 자랐기 때문에 대상이 아니라고 한다. 마을 주민이 사자 앞에서 오줌을 싼 예는 없다지만 그런 치욕을 만회하려면 어떻게 해야 하는지 물었다. 루이스는 사자를 향해 창을 찔려야 한다고 말했다. 사자와 근접전을 벌여야 한다는 말이었다. 여기 마을 사람은 제 정신이 아니었다. 나는 깨끗이 마을처녀와 만남을 포기해버렸다. 혹시나 루이스가 이 사건을 재미나게 페이스북이나 인스타그램에 올리지 않기만을 바랄 뿐이었다.

　한국으로 돌아오는 길은 아비잔 공항에서 출발해 두바이에서 경유했다. 아프리카에서 열흘을 지내면서 에볼라에 걸리지 않은 것만도 감사하게 생각했다. 나 홀로 아비잔 공항에서 비행기를 탔다. 루이스, 트럭운전사 개자식은 왕족 마을에서 며칠 더 지내다 온다고 한다. 한국에 오기만 해 봐라. 장거리 트력을 운전시켜 강원도로 해남 땅끝 마을로 빡빡 돌리고 싶다. 코트디부아르 아비잔 공항은 나름 깔끔했다. 내 옆 좌석에 탄 여자는 흑인과 백인과 인디언의 피까지 섞인 혼혈 같았다. 얼굴과 피부색만을 봐서는 도저히 어디 나라의 어디 민족인지 모르겠다. 까무잡잡하면서 늘씬하고 밤색머리카락이었다. 그녀는 무슨 스포츠 스타의 회고록을 읽고 있었다. 긴 비행에서 이런 저런 이야기를 나누다 보니 그녀가 미국인이며 보스턴 레드삭스 팀의 열렬한 팬임을 알게 되었다. 그녀는 보스턴 레드삭스 야구 시즌권을 구입했고 야구장에 입고 갈 선수 이름이 적힌 옷도 여러 벌이었다. 나는 짧지만 성의를 다한 영어로 대화를 나눴다. 그녀는 내가 대주자임을 알자 눈이 반짝 빛났다. 나는 대주자로서 성공한 사례와 실패한 경험을 들려주었다. 우리는 비행기의 맨 뒷좌석으로 옮겼다. 나는 노트를 꺼내들어 1루와 2루 그림을 그려가며 도루 설명을 했다. 무엇보다 그녀는 내가 사자 앞에서 오줌을 싼 사건을 몰랐다. 그러니 나는 의젓한 대주자였다. 두바이에서 우리는 일정을 변경해 이틀을 같이 묵기로 했다. 내가 방을 따로 잡겠다고 하니까 그녀는 방 두 개짜리 콘도로 가면 된다고 말했다. 그러니까 우리는 사귀게 된 것이다. 단 며칠만이라도 말이다. 혹시 아는가? 그녀와 행복한 인연이 오래 갈지. 내가 사자 앞에서 오줌을 싼 사실을 그녀가 알 때까지는 잘 되지 않을까? 어이, 루이스. 잘 지내고 있어. 한국에서 빨리 보자고. ✶

첫 번째 봉투에는 집세와 공과금이라는 글씨가 단정한 글씨체로 씌어 있었다

조영한 _ 1989년 경기도 안산 출생. 2013년 『경향신문』 신춘문예 소설 부문 당선. 한신대학교 문예창작학과 졸업. e-mail:cho890704@nate.com

봉투

일흔은 숟가락을 다탁에 내려놓았다.

진도는 고개를 숙이고 그릇에 담겨 있는 국물을 핥고 있었다. 북어와 된장을 넣고 끓여서 시원하게 맛을 낸 국으로 일흔과 진도가 평소에 즐겨 먹는 음식이었다. 몇 달 전 길에서 데려온 진돗개는 눈이 어둡고 후각 기능도 온전치 못했으나 식욕은 여느 개들보다 뒤지지 않았다. 나이는 송곳니가 빠진 것으로 보아서 스무 살 정도인 듯했고 인간 나이로는 백 살에 다다른 개였다.

일흔은 볕이 모여든 베란다로 나왔다. 오래된 빌라들 둘레로 볼보(VOLBO)라고 쓰인 노란색 포클레인들이 여러 대 있었고 모래와 쇄석이 여기저기 쌓여 있어서 회부연 먼지를 풍기는 중이었다. 빌라 대문마다 붉은색 래커로 칠한 엑스(X) 표시는 이제는 빌라에 사람이 살지 않는다는 사실을 알려주고 있었다.

북쪽에서 강풍이 불어서 포클레인들의 뒤쪽에 설치된 포장천이 펄럭거렸다. 언젠가 들었던 만장(輓章)이 나부끼는 듯한 소리였다. 일흔은 거실로 돌아와 흠투성이 다탁에 놓인 두 개의 봉투를 보았다. 하나는 두툼했고, 하나는 얇았다. 일흔은 두툼한 봉투에 후, 하고 공기를 불어서 돈이 얼마나 있는지 눈으로 어림했다. 머리가 아파서 정확한 수를 셀 수는 없었지만 적어도 백만 원은 넘어 보였다. 안도의 한숨이 절로 나오면서 입가에 가벼운 미소가 떠올랐다. 오늘 처음으로 지은 미소였다. 일흔은 가슴을 앞으로 펴더니 얇실한 봉투에 든 돈을 손으로 훑었다. 오만 원 지폐 두 장이 손가락에 잡히자 이번에는 가슴에 서리가 내리는 듯했다.

진도는 엎드려 있다가 돌연 입가에 게거품을 물더니 몸을 뒤틀기 시작했다. 원래 백태가 끼어서 부옛던 눈에는 눈물이 차올라 있었고 입에서는 쉼 없이 침이 나와서 바닥을 적셨다. 진도는 대자로 눕더니 네 다리를 떨면서 낑낑거리다가 오줌을 지렸다. 통증을 견디지 못해서 나오는 신음이 거실에 울렸다. 일흔은 말없이 소리를 들으며 붓펜으로 두 개의 봉투에 글씨를 썼다. 처음에는 획이 반듯한 글씨를 썼지만 나중엔 손길이 떨려서 기이한 암호처럼 보이게 쓰고 말았다.

아침에 보일러를 꺼서 실내의 온도는 십오 도에 멈추어 있었다. 바깥에 어둠이 내리는 동안 진도는 누워만 있을 뿐 일어나지 못했다. 일흔은 침과 오줌으로 얼룩진 바닥을 걸레로 닦고는 침대에 누웠다. 그저께 청소와 세탁을 하고, 가구들을 대부분 내다 버려서 집 안은 조용하고도 단출했다. 겨우내 덮었던 차렵이불에서 새물내가 났고 메밀을 채워서 만든 베개는 푹신해서 머리를 받치기에 편했다. 피부에 와 닿는 한기만 얼마큼 유감스럽게 느껴질 뿐, 앞으로 긴 잠을 자기에는 쾌적한 분위기였다.

두통이 점점 심해졌고 목젖과 위장에 불길이 너울대는 듯했다. 몸에서 진땀이 배어나서 입고 있던 반소매 셔츠와 추리닝 바지가 젖어들고 있었다. 일흔은 눈을 꽉 감았다가 뜨더니 벽에 걸린 진홍색 액자를 보았다. 액자에는 모시 한복을 입은 아흔의 사진이 끼워져 있었다. 아흔은 지난해 십이월, 함박눈 내리던 아침에 숨을 거두었다. 심장의 통증을 자주 호소했고, 무엇을 먹어도 소화가 되지 않는다며 나날이 불평을 했지만 임종 직전에는 별 말이 없었다. 일흔은 모친의 장례를 마치고 난 뒤로 한동안 일도 나가지 않고 집에만 머물러 있었다. 드라마나 영화를 보아도 감정을 표현하지 않았고, 끼니를 거르고 잠도 자지 않는 날들이 이어졌다. 그렇게 일주일이 지나고 나니 일흔은 상관인 경비 반장으로부터 더 이상 아파트에 나오지 말라는 연락을 받았다.

몸은 열 덩이가 되었고 입에선 쇳내가 뿜어져 나왔다. 몸속에 있던 수분이 마르고 말라서 온몸에 가뭄이 드는 것 같았다.

찬물이 흐르는 개울로 가고 싶었으나 물가는 빌라 단지에서 한참 떨어져 있었다. 일흔은 주먹이 아프도록 수차례 벽을 때렸고 앞니로 이불귀를 힘껏 깨물었다. 베란다 창에서 어둠이 밀려와 거실을 덮었고 아무리 눈을 깜박여도 암순응이 되지 않았다.

일흔은 손톱으로 민무늬 벽지가 찢어져 나가도록 벽을 긁다가, 천천히 손길을 멈추었다.

철문이 열렸다.

남자 세 명이 냉기와 시취로 가득한 집 안으로 들어왔다. 하얀색 방호복 차림에 손에는 라텍스 장갑을 끼웠고 입에는 방진 마스크를 착용하고 있었다.

사장은 작업을 시작하기 전에 소주와 북어포, 불붙인 담배를 쟁반에 놓더니 엎드려 절을 했다. 나머지 두 사람도 사장을 따라서 함께 절했다. 일 분이 지나서, 사장은 실내에 있는 가구부터 현관문 밖으로 빼라고 지시했다. 가구는 행어와 냉장고, 다탁과 식기와 침구류가 다였고 표면에 분비물이 묻어서 얇은 막을 이루고 있었다. 침대에는 일흔이 며칠간 흘려낸 분비물이 가득해 손대기가 어려운 지경이었다.

두 사람이 눈을 씀벅이며 벽지와 장판을 뜯어내는 동안 사장은 다탁에 놓였던 봉투들을 뜯었다. 첫 번째 봉투에는 집세와 공과금이라는 글씨가 단정한 글씨체로 쓰여 있었다. 사장은 안에 든 돈을 세더니 두 번째 봉투도 살폈다. 두 번째 봉투에 쓰인 글씨는 획이 이지러져 있어서 눈에 힘을 모으지 않으면 읽기가 어려웠다. 마치 글씨를 갓 배운 아이가 멋대로 쓴 글자 같았다. 사장은 미간에 주름을 잡다가 '송린들 구벌갓'으로 보이는 글씨가 '손님들 국밥값'인 것을, '저솜한리다'로 써 있는 글씨가 '죄송합니다'라는 것을 깨달았다.

일흔과 진도는 수습용 시트에 담겨서 밖으로 옮겨졌고, 실내에는 남자들과 구더기들만 남았다. 노랗고 살이 찐 구더기 수백 마리가 바닥과 벽에서 들끓고 있었다. 장판 아래로, 벽지 속으로 사체의 분비물이 스미고 썩어서 자라난 벌레들이었다. 막내는 염산을 희석한 물을 분무기로 뿌려서 벌레들을 죽이고 봉투에 담았다. 속이 찬 봉투가 현관문 앞에 놓이자, 서열이 중간인 사내가 천인(天人)이란 이름의 세정제를 찬물에 풀어서 실내 곳곳에 묻어 있는 얼룩을 닦았다. 사장과 막내도 거들었는데 얼룩이 굳은 지 오래여서 아무리 박박 닦아도 손쉽게 지워지지 않았다.

얼룩 제거 작업이 마무리되자 사장은 피톤치드를 담은 미립자 분사기로 집 안을 소독했다. 호흡을 곤란하게 할 정도로 심했던 악취가 드디어 옅어지고 있었다. 막내와 중간은 푸른색 불빛이 나오는 자외선 살균기 네 대를 거실에 시계 방향으로 세우고 바닥 청소를 시작했다.

저녁이 되었다.

세 사람은 트럭을 타고 단골인 실비집 앞에서 내렸다. 김밥과 순대와 카레, 전골과 육회와 삼겹살 등등 다양한 음식을 파는 가게였다.

셋은 바람이 들어오는 창가 쪽 자리에 앉아서 담배를 피웠다. 실내는 금연 구역이었으나 흡연을 지적하는 사람은 아무도 없었다. 담배가 다 태워져 꽁초로 남자, 들깨를 뿌리고 시래기를 넣은 해장국이 탁자에 올라왔다. 사장과 중간은 밥을 잘 먹었지만 막내는 국물만 몇 번 떠먹다가 숟가락을 내려놓았다. 아무래도 시취와 구더기 떼를 자꾸만 눈앞에 떠올리는 듯했다. 사장은 막내를 물끄러미 보다가 소주 두 병을 시켰다. 막내는 소주를 반병쯤 비우고 나서야 국물에 만 밥을 겨우겨우 목에 넘겼다.

술병과 뚝배기가 모두 비워졌다. 사장은 카운터로 가서 봉투를 꺼냈다가, 도로 품에 넣더니 카드를 꺼냈다. 식대는 이만 오천 원이었다. 사장은 계산을 마치고 실비집 앞에 있던 나무 의자에 앉아서 사탕을 씹었다. 봄기운이 들어서인지 한밤이 되어도 기온은 그리 써늘하지 않았고 콧속에 들어온 공기가 맑게 느껴졌다. 다분히 사색적인 분위기가 조성된 밤이었다. 사장은 봉투를 꺼내어 악필로 쓰인 글씨를 눈으로 더듬었다.

언젠가 예배당에 가서 읽었던, 속지가 다 떨어져 나간 성경을 대하는 느낌이었다. ✸

서랍 속에는 아직 여덟 병의 까스명수가 남아 있다

최옥정 _ 건국대 영문과, 연세대 국제대학원 졸업. 2001년 『한국소설』에 「기억의 집」으로 등단. 허균문학상, 구상문학상 젊은작가상 수상. 저서 소설집 『식물의 내부』『스물다섯 개의 포옹』, 장편소설 『안녕, 추파춥스 키드』『위험중독자들』, 포토에세이집 『On the road』, 에세이집 『삶의 마지막 순간에 보이는 것들』, 소설창작매뉴얼 『소설수업』, 번역서 『위대한 개츠비』 출간.

까스명수

그는 오늘 아침 일흔 살이 되었다. 11월의 첫날 농사를 짓는 시골집 문간방에서 어머니의 비명과 함께 태어났다. 그 집은 지금 사라지고 없다. 어머니도 그를 낳은 지 얼마 안 돼 세상을 떠났다. 그러나 11월 1일은 해마다 꼬박꼬박 잊지 않고 돌아온다. 이날 그는 잊었던 어머니와 그녀의 비명을 떠올리고 그녀가 먹었던 미역국을 생각하며 자신이 먹을 미역국을 끓인다. 70년 전 어머니가 그를 낳을 때는 아들이 평생 혼자 사는 것도 모자라 큰 병을 앓다 혼자 죽어갈 거라고는 짐작조차 하지 못했을 것이다.

통증을 다스리는 일, 가장 폐를 적게 끼치고 자신의 죽음을 마무리하는 일. 매일 아침 이 두 가지를 잊지 않고 떠올린다. 그러고 나서 적은 양의 밥을 오래오래 씹어서 먹고 산책을 다녀온다. 이즈음 그가 두려워하는 것도 두 가지다. 집에서 혼자 죽어 시간이 많이 지난 뒤 시신이 발견되는 게 죽는 것보다 겁난다. 또 하나의 공포는 밖에 나가서 돌아다니다 아무 데서나 쓰러져 숨을 거두는 것이다. 외출할 때마다 주민등록증을 꼭 챙기는 것도 그래서다. 그게 두려우면 집에 있으면 될 텐데 집에 있으면 혼자 죽게 될까봐 또 두렵다. 이 두 가지 두려움이 서로 아귀가 안 맞는다는 것을 그는 의식하지 못했다. 결론적으로 그는 죽음을 두려워하고 있었다.

다세대주택의 지하방이 그의 거처다. 보증금 천만 원에 월세 삼십만 원. 통장에 있는 오백만원 가량의 저축과 지갑 속의 십만 원 남짓한 현금. 그 돈으로 무얼 할 수 있을까. 최저생계비로 쓴다면 얼마나 버틸 수 있을까. 미역국을 식혀가며 입에 떠넣다가 앞으로 몇 번이나 더 미역국을 먹을 수 있을지 생각한다. 한번쯤 더 가능하지 않을까? 이번이 마지막이 될 거라는 예상이 더 현실에 가깝다. 이 겨울을 넘기거나 넘기지 못하고 그는 죽을 것이다.

미역국을 다 먹고 서랍에서 까스명수를 꺼낸다. 느릿느릿 뚜껑을 딴 다음 생명수라도 되는 듯 음미해가면서 마신다. 병마개를 오른쪽으로 돌려 딸 때의 따다닥, 하는 파찰음을 좋아한다. 그 소리를 듣기 위해 까스명수를 마실 때도 있다. 내용물을 다 마시고 나서 입맛을 쩍 다시고 혀로 입술을 훑는다. 입술에 묻었던 소량의 까스명수가 혀끝에 닿는다. 맛도 좋고 기분도 좋고 몸에도 좋은 까스명수. 그는 한결 가벼워진 몸과 마음으로 모자를 쓰고 점퍼에 팔을 꿴다. 서랍에서 까스명수를 한 병 꺼내 주머니에 넣고 현관으로 나선다. 서랍 속에는 아직 여덟 병의 까스명수가 남아 있다.

　바깥은 날이 제법 쌀쌀했다. 11월이 된 것을 축하하는 바람이 분다. 성치 않은 무릎과 폐 때문에 숨이 가빠서 산책은 삼십 분을 넘기지 않는다. 버스 정류장으로 치면 한 정거장쯤 되는 거리를 걷는 동안 숨을 몰아쉬기 위해 서너 번은 걸음을 멈춘다. 동네 시장을 지나 어린이놀이터를 지나 예전에 교회가 있었던 공터에 다다르면 그는 발길을 돌린다. 거기까지가 그의 산책로다. 그 중간에 십오 년 된 아파트가 있고 거기 딸린 경로당에 갈 수도 있지만 그는 친구를 사귀려 하지 않는다. 평생 친구 없이 살았다. 친구를 사귄 적도 있었지만 어쩐 일인지 오래가지 않았다. 막노동을 하면 자주 일자리가 바뀌고 만나는 사람도 바뀐다. 좀체 술자리에 낄 수가 없었다. 그들을 미워하거나 무시한 적은 없었다. 술을 잘 마시지 못했고 말주변도 없어서 꿔다놓은 보리자루처럼 앉아 있는 그를 사람들은 불편해 했다. 그들은 곧 그를 부르지 않았다. 그도 그들을 찾지 않았다. 그러다 일흔 살이 되었다. 눈 깜짝 할 사이였다. 여자를 만날 시간도 결혼을 할 시간도 없었다. 늘 바빴고 오직 일만 하면서 열심히 살았다. 남들은 어떻게 그 모든 것을 다 하고도 결혼까지 하는지 그는 알 수 없었다.

　그의 걸음이 조금 빨라졌다. 시장 앞에 이르자 그는 잠시 머뭇거린다. 오늘이 생일이니 뭔가 별식을 먹어야하지 않을까. 아주 조금밖에 먹을 수 없을 테지만 고기 비슷한 뭔가를 먹어줘야 할 것 같았다. 오랜 습관이란 신념이 되기도 하니까. 생일이 특별해야한다는 생각에 동의하는 건 아니라도 오늘은 지루한 일상에 변화를 주고 싶었다. 생일이라서, 어쩌면 마지막이 될 생일이라서 그럴 것이다. 그는 생선가게 앞을 지나쳤다. 대구가 커다란 입을 벌리고 있었다. 시원하게 매운탕이라도 끓이고 싶었지만 양념이 제대로 갖춰져 있지 않아 포기했다. 소화만 시킬 수 있다면 고기를 사서 구워먹고 싶었다. 그가 대구에게서 눈을 돌리려는 순간 생선가게를 지키던 여자가 어어어 하며 오른손으로 가슴을 두드리더니 그 자리에 주저앉았다. 사람들이 몰려들었다. 오십대 후반쯤으로 보이는 뚱뚱한 여자는 눈동자를 뒤집었다. 뇌출혈이나 심근경색 같은 병명이 그의 머리를 스쳤다. 사람들은 우왕좌왕하며 어찌 할 바를 몰랐다.

생선냄새가 진동하는 축축한 바닥에 주저앉은 여자는 이상한 소리를 냈다. 누군가 119에 전화를 하라고 했다. 그도 다른 사람들처럼 당황했지만 핸드폰이 없었기 때문에 119에 전화를 할 수가 없었다. 여자는 고통스러운 듯 가슴을 쥐어뜯었다. 그는 호주머니에 손을 넣고 여자를 물끄러미 바라보았다. 며칠 전 그를 찾아왔던 통증이 떠올랐다. 가슴에서 화산이 터지고 머릿속에서 회오리바람이 부는 것 같은 고통이었다. 그때 그는 어떻게 했던가. 병원에서 주는 진통제를 먹었지만 효과가 없었

다. 방바닥에 엎드린 그는 이마로 바닥을 찧었다. 혀를 깨물어
선 안 된다고 스스로에게 주의를 주며 입을 벌렸다. 그리고 뱀
처럼 배를 밀어 서랍으로 가서 까스명수 한 병을 꺼냈다. 간신
히 마개를 열고 음료를 마시자 두통도 가슴의 동통도 가라앉았
다. 그는 호주머니 속을 만지작거렸다. 거기 까스명수가 있었
다. 그가 병뚜껑을 오른쪽으로 비틀 때 어김없이 소리가 났다.
따다닥. 그는 병을 여자에게 내밀었다.

"이거 먹으면 나을 거요."

사람들은 혀를 끌끌 찼다. 미친 노인네. 손님을 핑계로 구
경꾼은 대부분 자기 가게로 돌아가고 옆집의 반찬가게 여자만
몇 번 기웃거렸다. 119는 아직 도착하지 않았다. 그는 바닥에
쭈그리고 앉아 여자에게 까스명수를 내밀었다. 여자는 인상을
찌푸렸다. 저리 비켜! 여자는 입술로 말하고 있었다. 그는 여자
가 답답했다. 여자는 통증으로 몸을 비틀었다. 그는 여자의 손
을 잡고 병을 쥐어주려고 했다. 여자는 더 세게 몸부림을 쳤다.
발로 그의 다리를 걷어찼다.

"그러니까 이걸 먹어요."

여자는 짐승 같은 소리를 내며 더 크게 비명을 질렀다. 흩어
졌던 사람들이 다시 모여들었다. 이제 그들의 시선은 여자가
아닌 그에게 머물렀다. 미친, 거지, 정신병자, 변태 같은 단어
들이 사람들의 입에서 빠져나왔다. 그는 통증으로 몸을 트는
여자에게 내민 까스명수를 손에 든 채 쩔쩔맸다. 곧 여자는 위

험에 빠질 것이다. 이걸 먹어야 하는데. 그에게는 오로지 여자
의 일그러진 눈만 보였다. 그는 여자에게 한발 다가갔다. 여자
의 손을 잡았다. 병을 쥐어주려고 했다. 여자는 몸부림쳤고 사
람들 틈에서 나온 한 남자가 그를 밀쳤다. 그는 여자의 맞은편
쪽에 나동그라졌다. 그래도 까스명수 병은 손에 꼭 쥐고 있었
다. 119의 경보음이 들렸다. 저 늙은이 잡아넣어야 하는 거 아
냐? 뭘 그냥 미친 것 같은데. 저리 끌어내. 사람들은 그를 시장
한가운데로 끌어냈다. 그의 엎어진 몸 위로 따가운 욕설이 쏟
아졌다. 언젠가도 이런 일이 한번 있었다. 그때도 그는 누군가
를 도우려 했고 사람들은 그를 미쳤다고 했다. 그에게는 비슷
한 일이 반복해서 일어난다. 그때처럼 일어나서 걸어가야 하는
데, 병원에 가고 치료를 받아야 하는데 몸을 일으킬 수가 없었
다.

　"안정을 취해야 해요. 스트레스 받지 말구요. 집에서 쉬면서
드시고 싶은 거 있으면 다 드세요."

　의사는 그를 똑바로 쳐다보며 다짐했다. 예전에는 몸이 유리
그릇 같다고 했었다. 이제는 깨지지 않게 조심하라는 대신 가
만히 있으면서 먹고 싶은 거나 맘껏 먹으라고 한다. 의사의 목
소리는 그의 아버지를 떠올리게 했다. 몸조심하고 잘 살고 있
으면 아버지가 데리러 올게. 아버지는 그의 주머니에 뭔가를
넣어주었다. 까스명수였다. 그는 아직 따뜻한 가스명수 병을
손에 쥐었다. 몸조심하고 잘 살고 있었지만 아버지는 그를 다

시 찾지 않았다. 그는 한손으로 가슴을 쥐어뜯었다. 심장 안을
면도날이 헤집고 돌아다니는 것 같은 통증이었다. 아무도 그의
곁으로 몰려들지 않았다. 오른손에 든 까스명수를 입 안에 들
이부을 힘이 없었다. 사람들의 아우성도 119의 경보음도 사라
지고 그의 귀에는 아무것도 들리지 않았다. 손바닥에 닿은 까
스명수의 옅은 온기도 그의 손을 빠져나가려고 한다. 마침내
그는 손을 펴고 편히 누웠다. 누군가 다가오는 기척을 느꼈지
만 눈을 뜨지 않았다. 70년은 너무 길었다. 하루하루는 너무 금
방 지나갔다. 지금처럼 아무것도 느낄 틈 없이 무언가가 다가
오고 곧 사라졌다. 이제 그의 몸도 그리 될 것이다. 누가 그의
팔을 흔들었다. 말소리는 멀어졌다. 여태껏 느껴보지 못한 평
온함이 그의 몸을 둘러쌌다. 그는 딱 한 번 눈을 떴다가 감았
다. 흐릿한 하늘만 눈에 가득 찼다. 그는 천천히 고개를 끄덕였
다. ✦

그동안 고마웠어요. 당신이 버린 남자는 제가 데려갑니다

홍혜문 _ 2006년 『경남문학』 신인상 수상, 2016년 『문학나무』 신인작품상에 단편소설 「손」이 당선. 가향문학회 동인. e-mail:sunburst21hs@hanmail.net

스마트소설박인성문학상 후보작
홍혜문

행운의 사주 1202

해미는 감기가 심하다며 쉬어야겠다고 했다. 책상다리를 하고 앉은 해미의 등 뒤로 침대가 무척 커 보인다. 혼자 사는 여자에게 퀸 사이즈라니. 침대 커버에는 핑크색과 은회색 물방울 무늬가 찍혀 있다. 해미가 내 시선을 의식한 듯 핼쑥한 얼굴로 침대를 돌아보았다. 머리맡에 베개 두 개가 나란히 놓여 있다.

조금 전 해미가 사주에 맞추어 말해주는 얘기를 들으며 나는 추임새를 넣듯 남편 얘기를 늘어놓았다.

"글쎄. 이 놈의 남편을 죽이지도 못하고……."

한숨을 쉬며 남편과 이혼할 수 없는 핑계까지 늘어놓고 있을 때였다. 해미가 신호를 받은 듯 갑자기 입을 열었다.

"사람에게는 자신의 문제점을 알고 있지만 자신도 어쩌지 못하는 경우가 있어요. 아무리 죽을 것처럼 받아들이기 싫어도 인정하고 받아들여야 할 때가 있어요."

남자는 해미에게 연락하지 않고 있다가 미워하는 마음이 사라질 즈음 나타난다고 했다. 해미는 그럴 때 그 남자를 거부할 수 없다는 애기였다. 그녀답지 않았다. 해미는 언제나 항상 자신감이 있었고 일관적인 말과 행동을 보였다. 해미에게 어쩔 수 없다는 말은 해당되지 않는다. 목숨을 걸고서라도 불가항력에 맞서야 한다.

가끔 해미를 만나러 오는 것은 내 앞날이 궁금해서이거나 그녀에게 위로의 말을 듣기 위해서가 아니다. 점괘를 봐주는 사람치고 긍정적인 말을 해주는 사람은 거의 없다. 점괘에서 나온 좋지 않은 말들이 나쁜 방향으로 일을 진행시키기도 한다. 그러나 나는 그런 말에서 현재의 문제점에 대한 폭넓은 시각을 가질 수 있는 것이다. 과거는 현재를 만들었으므로 이제 현재는 미래를 만들어가고 있으므로. 과거의 문제점을 보완해서 현재 어떻게 해야 좋을지 판단할 수 있다. 또한 해미가 내게 충고해주는 좋은 말에서 나는 다시 그 뒤에 숨은 또 다른 문제점에 대해 생각해 보기도 한다.

내가 대표 이사로 있는 '청정단무'는 지리산 친환경 단무지를 주문받아 고가로 팔았다. 고급 김밥 체인점이 늘어남에 따라 우리 회사는 한때 중국산 단무지가 친환경 마크를 달고 버젓이 백화점에 들어오는 바람에 타격이 컸다. 영업부장과 나는 거래처에 조그만 선물과 함께 팸플릿을 보내는 것은 물론이고 전국 체인점을 돌며 발 빠르게 뛰었다. 부도위기에 몰렸던 회

스마트소설박인성문학상 후보작
홍혜문

사가 살아나면서 각 부서와 거래처가 활기를 띠었다. 그런데 오늘 우연히 남편 차를 해미가 있는 오피스텔 근처에서 보았다는 친구의 말을 듣고 차를 돌렸다. 이쪽으로 온 김에 해미를 만나기 위해 '행운의 사주 1202'의 벨을 눌렀다.

해미가 침대 위에 올라가 눕는다. 짙은 눈썹에 가무잡잡한 피부와 눈빛이 여린 듯 부드럽다. 해미는 삼십대 초반으로 나보다 열 살 정도 어리지만 대체로 내 말에 고개를 끄덕였다.

"일이 터졌네. 이제부터 시작이야."

눈을 감은 해미는 신이 들린 듯 술술 말을 풀어냈다.

"사주가 그런 걸 어떡해. 안달복달하지 말고 기다려야지. 느긋하게 있기만 하면 악귀도 심심해서 자기 집으로 돌아가. 그게 수야. 손님이 갈 때까지 참아."

옥이 굴러가는 듯한 해미의 목소리가 울려나와 방 구석구석을 돌아다녔다. 그러나 해미가 봐주는 예언은 맞지 않는 것이 태반이었다.

해미는 한 번도 내게 굿을 하라고 하지 않았다. 이 위기만 넘기고 나면 주변 환경이 좋아질 거라고 조언했다. 지금까지 악착같이 버텨온 내공이 있어 잘만 하면 무사히 넘어가겠다고 했다.

남자는 처음에 자기의 사주와 불확실한 앞날이 궁금해서 해미를 찾아왔다고 했다. 시간이 지날수록 점괘를 보러 와서는 해미를 비판하기 시작했다. 예언이 맞지 않는다며 빈정거렸다.

해미는 점괘를 봐준 복채를 모두 내놓으며 다시는 오지 말라고 했다. 남자는 만 원짜리 지폐를 집어던지며 남의 인생을 이렇게 망쳐놓고 돈 몇 푼으로 해결하려 하느냐고 했다. 한 번은 술을 머리끝까지 마시고 와서는 해미가 모시는 큰할아버지 조왕신에 대해 욕설을 쏟아 부었다. 남자와 가까워지고부터는 찾아오지 못하도록 이사를 갈까 고민도 했다. 그러나 헤어지려고 하면 어쩐지 남자가 불쌍하다는 생각이 들었다. 해미는 그 남자가 싫고 밉지만 그저 하는 대로 가만 두고 보았다고 했다. 요즘 해미는 남자가 찾아오면 대체로 그의 말을 들어준다고 한다. 해미의 어디에 그런 구석이 있나. 기운 빠진 표정으로 눈을 감는 해미를 보니 마음이 풀어진다.

'행운의 사주1202.' 나는 해미의 명함을 냉장고 앞에 붙여두었다. 냉장고에서 냉수를 꺼내 마시며 해미를 생각하면 마음이 편안해졌다. 가끔 만나는 정신과 의사보다 나았다. 의사가 해미에게 주는 것은 신경안정제 몇 알과 수면제다.

한 달 전 남편이 고주망태가 되어 경찰의 어깨에 실려 아파트 계단에 올려져 침대에 눕혀졌을 때였다. 남편 호주머니에서 쪽지가 떨어졌다.

'그러지 마. 고주망태로 쓰러져 죽고 싶다가도 바로 너, 너를 생각하면서 벌떡 일어난다. 알아? 이 바보 같은 자식아.'

분명 남편의 글씨였다. 우리가 어떤 위기에도 지금까지 이혼

하지 않고 살아온 것은 한 가닥 희망이 있기 때문이었다.

'우린 한 배를 탔어. 서로를 믿어야 해. 3억이 모일 때까지 손을 부여잡고 무작정 앞만 보고 가는 거야.' 파산 위기를 극복하며 남편은 내게 문자를 보냈다. 일에 지쳐 길바닥에 쓰러지고 싶어도 북어국을 끓여줄 나를 생각하며 집으로 돌아온다던 남편이었다.

남편이 쓴 종이쪽지를 보며 가슴에 열이 나는 것을 느꼈다. 내 속에 언제부터 질투 같은 게 있었나 싶었다. 손이 떨렸다. 늦게 일어난 남편이 화장실에 다녀왔다. 생수를 한 모금 부어 마시더니 갑자기 생각난 듯 윗도리의 호주머니를 뒤졌다.

"못 봤어?"

"뭘?"

"아냐. 아무것도……."

남편은 바지 주머니까지 찾아보더니 와이셔츠의 작은 호주머니에 손을 넣어보았다.

집으로 돌아와 모처럼 저녁 내내 남편을 기다렸지만 돌아오지 않는다. 수면제를 먹고 킹사이즈 침대에 눕는다. 남편을 언제 기다려본 적이 있었던가. 그런 적이 별로 없는 것 같다. 남편에게 여자가 있다는 것을 알면서도 모른 체 해온지가 한 달이 넘었다. 나는 퇴근을 하면 남편이 있든 없든 상관하지 않고 대체로 회사일로 고민하거나 물품 대금 회수에 관한 일로 전화를 주고받았다. 남편에게 상한 자존심은 다른 곳에서 갚아주면 되었다. 나로 말할 것 같으면 남편한테 들키지 않아서 그렇지 애인을 갈아치운 것만도 대여섯 번이다. 세상에는 무수한 복잡한 일들이 일어나지 않는가. 이런 일로 마음이 망가지거나 몸이 상해서는 안 된다. 현장을 잡아야 한다. 아주 그럴 듯한 복수를 해주리라.

등받이 긴 쿠션을 끌어안고 눈을 감았다. 잠이 오지 않는다. '이 바보 같은 자식아.' 쪽지의 말투는 분명 여자를 좋아하고 있었다. 영화 한 프로를 보고 다시 눈을 감는다. 숨은 질투가 스멀스멀 기어 나온다. 벌떡 일어난다. 와인 한 병을 다 마셨다. 요즘 젊은 여자만 보면, 남편과 관계되는 그 무엇만 보면 궁금해진다. 남편의 여자는 어떤 종류의 사람일까.

쪽지 내용을 생각하니 분했다. 장롱 문을 열고 남편 옷을 뒤진다. 쪽지가 나왔던 양복 호주머니 안쪽에 또 하나의 쪽지가 나온다. '인생은 똥통. 똥통이 또 하나 뒹굴고 있군.' 남편에게 뭔가 일이 생긴 게 분명했다. 똥통이 하나 더 뒹굴고 있다는 말인데. 누굴 두고 똥통 운운하는 걸까. 그 밑에 연필로 연하게 날려 쓴 글씨가 보인다. 엉터리 사주 같으니라구. 개나 소나 잘만 나오네. 아마 혼자 술을 마시고 스마트 폰으로 사주를 보며 쓴 글인 듯했다. 똥통 구멍으로 본 하늘 캬, 참 좋다. 나는 쪽지를 한참 쳐다보다 하늘이란 말에 멍해진다.

남편의 양복을 다시 장롱에 넣는다. 옷걸이에 대충 걸고 문을 닫으려는데 양복이 툭 주저앉는다. 꼭 남편 같다. 양복을 걸자 장롱 바닥에 똥처럼 돌돌 말린 양말이 손에 잡힌다. 소똥이나 개똥처럼 생긴 양말이 나를 본다. 냄새나는 양말을 풀어 세탁기에 가져가는데 바닥에 뭔가 떨어진다. 카드다. 뭐지? 못 쓰는 카드일까? 남편은 카드를 구겨서 잘 버린다. 구겨서 버리려다 이상한 예감이 나를 사로잡는다.

"잘하면 손에 똥을 한 움큼 쥐겠어."

해미가 한 말을 떠올린다. 밑져야 본 전이다. 바람이나 쐬러 나가 보는 거지 뭐.

그 카드를 들고 아파트 상가 24시편의점을 향했다. 비밀번호를 생각하자 머리가 띵하다. 포도주를 너무 많이 마신 탓이다. 남편의 생년월일과 십여 년 전 태어나자마자 죽은 아들의 기일. 마지막으로 두드린 게 해미의 오피스텔 호수, 1202다. 이럴 수가.

해미라니. '언니 오늘은 정말 죄송하군요.' 어제 해미는 미안하다며 눈을 감았다. 지금까지 해미에게 어떤 말을 줄곧 해왔던가. 머리가 복잡해진다.

남편에게 전화를 해본다. 폰이 꺼져 있다. 이 시간까지 무얼 하느라 전화도 받지 않는 거야. 빨리 좀 와 봐. 하려다 그만둔다. 남편은 아내의 말에 고분고분 움직일 사람이 아니다.

어제는 지리산 산청 무밭을 통째로 계약했다. 홍보과장은 청정지역에서 생산한 제품이라는 사실을 잘 홍보해주었다. 그제도 영업부장은 내게 깍듯이 인사하며 성과보고를 했다. 내일까지 단무지 대금을 입금해야 한다. 이틀 후면 직원들 월급에 보너스까지 주어야 한다.

남편은 나흘째 집에 들어오지 않았다. 일본에 우리 제품을 수출할 길이 트일 것 같았는데 자잘한 오해가 생겼다고 했다. 폰은 켜져 있지만 받지 않는다. 어쩐지 나는 그들에게 맛난 먹잇감이 될 것 같은 불안감에 몸서리를 친다. 반대로 내가 해미와 남편을 어떻게 요리해먹을까 고민한다. 머리는 너희들이 나을지 몰라도 내 발은 한 발 더 앞서가리라. 발 빠르게 움직여야 한다.

푸르메 오피스텔 1202로 핸들을 돌린다. 경비실 아저씨에게 인사를 한다.

"해미에게 연락이 왔어요. 오피스텔을 팔아주기로 했는데 열쇠를 잃어버렸지 뭐예요."

경비실 아저씨는 알았다며 키를 내준다. 나는 아저씨에게 점심 값을 준다. 경비 아저씨는 손부채를 부치며 아파트 상가로 향한다.

엘리베이터에서 내린다. 현관문을 열고 들어간다. 해미의 오피스텔 안은 빈 침대만 덩그러니 남아 있다. 쪽지가 있다.

'그동안 고마웠어요. 당신이 버린 남자는 제가 데려갑니다. 갈 곳이 없다는군요.'

창문으로 햇살이 쏟아져 들어온다. 그들이 누웠던 침대가 나를 멀거니 바라보았다. 침대는 두어 군데 얼룩이 있었지만 그

런대로 괜찮다. 그들이 알몸으로 누웠던 자리에 누워본다. 그
들의 살갗이 닿을 때마다 맹독이 퍼지며 썩어가는 상상을 한
다. 질투에 부르르 몸을 떠는 자신을 이해할 수 없다. 독버섯
같은 것이 눈앞을 흐리게 하는 걸 느낀다.

갑자기 스마트 폰이 울린다. 우리 아파트 경비아저씨다. 은
행에서 나온 직원이 우리 아파트를 압류한다고 했다. 그러고
보니 신발장 구석에 있던 붉은 딱지가 찍힌 봉투 몇 개가 생각
난다. 머리에 불이 켜진다. 지진이 일어나듯 내가 딛고 선 자리
가 위험하다.

나는 침대에서 날렵하게 몸을 일으킨다. 돈이 해미에게 건너
가는 것을 떠올리며 은행에 전화를 건다. 남편과 공동계좌로
된 통장의 잔고는 이미 다른 통장에 옮겨 놓았다. 남편의 신분
증은 내가 갖고 있고 은행직원은 고등학교 동창이었다. 사인은
내가 했는데 남편이 직접 쓴 것과 다르지 않았다. 통장 원본의
사인과 내가 쓴 것을 대조해본 친구는 다만 내 얼굴을 한 번 쳐
다보았을 뿐이었다.

"3억은 이미 주인이 찾아갔다고 전해주세요."

올해의 사주를 떠올리며 핸드백을 연다. 너희들의 어설픈 사
랑은 이미 시험대에 올랐다. 패권은 내게 있다. 나는 이미 우리
회사의 주식을 일정량 팔았다. 새 통장을 만지작거리며 '행운
의 사주 1202'를 나선다. ✦

**2017
수 상
작품집** 정전

초판1쇄 인쇄 2016년 12월 21일
초판1쇄 발행 2017년 01월 05일

지은이 윤해서 외
펴낸이 윤영수
펴낸곳 문학나무

출판등록 제312-2011-000064호 1991. 1. 5.
편집실 03085 서울시 종로구 동숭4나길 28-1 예일하우스 301호
이메일 mhnmoo@hanmail.net
영업마케팅
전 화 02-302-1250 **팩스** 02-302-1251
이메일 mhnmu@naver.com

ⓒ윤해서 외, 2017
ISBN 979-11-5629-040-7 03810

스마트소설
박인성
문학상

2
0
1
7

수상작품집

스마트소설
박인성
문학상

2
0
1
7

수상작품집